ユン・ソンヒ
ペク・スリン
カン・ファギル
ソン・ボミ
チェ・ウンミ
ソン・ウォンピョン
橋本智保 訳

私のおばあちゃんへ

私のおばあちゃんへ＊目次

The WORK is published under the support of Literature Translation Institute of Korea(LTI Korea).

装幀　成原亜美（成原デザイン事務所）
装画・挿画　田中千智

きのう見た夢

ユン・ソンヒ

一

ゆうべ、夫は夢に出てこなかった。今後はもう夫の祭祀《チェサ》［故人の命日に行う法事］を行わないことにした。祭祀の前の晩になると、夫は決まって私のところにやってきた。この十年間、ずっとそうだった。夢はいつもおなじだ。夫が玄関で靴を脱ぎながらこう叫ぶ。「おい、俺だ。腹へった」。私は冷蔵庫のなかのものをみつくろって夕食の支度をし、夫はカンテンジャン［味噌（テンジャン）を煮詰めたもの］にご飯を混ぜて食べる。あんまりおいしそうに食べるので、夢から覚めたあと、私は心を込めて祭祀の料理を作る。死んだ日の朝、夫はカンテンジャンを食べた。その日も、朝ご飯を食べながら息子のことを悪く言った。情けないやつだと。そして私には、カンテンジャンが甘すぎると言った。「もっと辛い青唐辛子を入れてくれ」夫が言った。私は腹が立ったので黙っていた。あなたの息子は情けないんじゃなくて運が悪かっただけだと、言おうとしてやめた。そう言うと、夫はまた息子と朴《パク》次長を比べるに決まっている。夫は金物《かなもの》と建築の材料を扱う建材店を営んでいたのだが、朴次長は十九歳のときからそこで働いた。病気の母親と幼い妹と弟が三人いる、それは賢くてまじめな子だと、その頃校長をしていた遠い親戚が紹介してくれた。夫のもとで二十一年間働きながら、朴次長はきょうだいを大学に進学させ、結婚させ、自分も家庭を築いた。大学を卒業してからもなかなか職に就けなかった息子を、夫は朴次長のもとで働かせようとした。息子はひと月ほど出勤し、仕事の帰りにお酒を買ってきてひとり飲むようになったかと思うと、あるとき部屋から出てこなくなった。そのときから夫は毎朝、息子の部屋に向かって情けないやつだと言った。夫は仕事に出かけると、まずは向かいの靴の修理屋に寄って、インスタントコーヒーを飲みながら将棋を指した。一日に一局。夫と靴の修理屋の主《あるじ》は、その日その日の勝敗を壁にかかっているカレンダーにメモし、負けた方が月末に酒をおごった。夫はその日をとても楽しみにしていた。ひと月に一度。夫が酔いつぶれる日だった。だから私もその日ぐらいは、豆もやしスープやスケトウダラスープなど酔い覚ましのスープを作ってやった。ブレーキが故障したトラックが靴の修理屋を襲った。夫は救助隊が到着する前に息を引きとり、靴の修理屋の主は、救急車で運ばれ半月ほどもちこたえたあと死んだ。ゆうべなぜ夫が私の夢に出てこなかったのか考えてみた。夫は去年の秋夕《チュソク》［旧暦の八月十五日に当たり、祀り事や墓参りなどを行う祭日］、ここに来ていたのだ。そのとき聞いたのだろう。私が子どもたちに、これからはもう父さんの命日に来なくていいと言ったことを。「父さんの祭祀は私の好きなようにするから。あと、私が死んでも祭祀なんかしなくていいからね」そう言ったからか、あるいはマンションを売るのに反対したからか、ともかく、その後、娘と息子からは何の音沙汰もない。勝手にすりゃいい。私は朝ご飯の支度をするのも面倒だったので、夫の祭祀のためにとっておいた干し柿を食べた。

思ったほど甘くなかった。「悪く思わないで。自分のご飯を作るのも面倒なのよ」私は宙に向かって言った。

　十時十分発、福祉会館行きのシャトルバスに乗って水泳に出かけた。先週は風邪ぎみで休んだので、体が重かった。犬かきでレーンを往復しただけで息切れがした。この頃、兄さんのことをよく思い出す。私に泳ぎを教えてくれたり、そりを作ってくれた兄さん。兄さんは軍隊に行くことになったとき、案山子《かかし》を立てて私と妹に足蹴りを教えた。「俺のいないあいだ、男子にいじめられそうになったら真ん中のここを蹴りあげろ」兄さんは言った。それで兄さんに言われたとおりにしたら、近所の男子は私と妹をからかわなくなった。私はそのことを手紙に書いて送った。兄さんがその手紙を読んだかどうかはわからない。軍隊は兄さんの遺体しか返してくれなかった。十一時近くになると、アクアビクスの受講生たちがひとりふたりと集まってきた。前のインストラクターは、お母さん、もっと元気よく！　お母さん、もっと思いっきり！　などと掛け声をかけてくれたのに、今度の人は笛を吹くだけ。しかも、いつも五分前に終わった。構内の食堂でご飯を食べているとき、ある人がその話を切り出した。五分くらいどうってことなさそうだけど、ひと月にするといくらになると思う？　と。ひと月わずか三万ウォン［三千円ほど］なのに、ずいぶんがめつい女だと思った。インストラクターの話になるなり、みんなあれこれ不満をもらしはじめた。難しい動きばかり教えるとか、こっちが声をかけても頷くだけだとか。そう言ってみんな前のインストラクターをなつかしんだ。「うちの嫁に会いたいなあ」向かいでご飯を食べている女が言った。それは前のインストラクターのあだ名だった。うちの嫁。娘ばかり四人産んだヒョンジャさんは、そのあだ名をひどく嫌った。くわしいことはわからないけれど、彼女は姑にひどくいびられたらしい。ヒョンジャさんは自分のことをあまり話さなかったし、他人の陰口も言わなかった。なのにとても話上手だったので、一緒にいると楽しかった。生活に余裕があるようには見えなかったが、お金にけちけちする人ではなかった。私たちは口演童話［昔話や童話を子どもに語って聞かせること］も一緒に習った。いつか孫ができたらきっと役に立つよ、とヒョンジャさんが勧めてくれたのだ。彼女には孫が五人もいた。去年のクリスマスに、彼女は私に靴下を二足プレゼントしてくれた。足首に雪だるまの絵がついていた。彼女は靴下を買うとき、いつもおなじものを二足買うのだと言った。そうすればどちらかに穴が開いても、もう片方ははけるのだと。そう言ってから、次女が一緒に暮らそうというので引っ越すことにしたと言った。これでやっと孫たちに童話を読んで聞かせてやれるね、と言って私たちは笑った。ヒョンジャさんが引っ越したあと、私は口演童話を習うのをやめた。習っている人のうち、読んでやれる孫がいないのは私だけだった。

　昼ご飯を食べ、自動販売機のコーヒーを一杯飲んでから、理学療法室に行って体をほぐした［市民に開放されている休憩室のようなところで、マッサージチェアや体を温める器具がある］。そして三時に出発するシャトルバスに乗った。家の前を通り過ぎ、次の次のバス停で降りた。そこのスーパーは、三万ウォンしか買い物をしなくても家まで配達してくれた。夕飯のときにお酒を一杯飲むつもりで白花寿福《ペックァスボク》［祭祀のときに供える酒］を一本買った。これだけだと寂しいので、鱈《たら》のジョン［油をひいて焼いたもの。こちらも祭祀のときの供え物］でも作ろうかと思い鮮魚コーナーに行ったら、今日入ってきた新鮮なアンコウはどうかと勧められた。鮮魚コーナーで働いている青年が気さくにおばさん《イモニム》と呼んでくれたので、思わずアンコウを一匹買った。夫は鱈のジョンがあまり好きではなかった。三万ウォンに二千三百ウォン足りなかったのでサリコムタン麵［即席麵の一つ］も買った。他のインスタントラーメンだと胃がもたれるのに、なぜかこれだけは大丈夫だった。少し歩きたくて、わざとマンションの裏門の方にまわった。裏門の向かいには〝ゾウ幼稚園〟があった。いつだったか春に、たまたま通りかかったときに児童詩の発表会があるのをプラカードで見かけ、入って見学した。前歯の抜けた子どもたちがひとりずつ前に出て詩を読んだ。一番目の子は食べ物の名前をいくつも並べ、おしまいに、おいしい、と叫んでしめくくった。なかには、ボクの妹はうんちをもらすバカですと読む子もいた。また、足の指について書いた子もいた。お父さんとボクは足の指がそっくりです。でもにおいは違います。みんな笑ったけれど、私は思わず涙が出た。一番気に入った詩はこうだ。雨が降ると指を広げます。雨がその隙間を通れるように。そのことがあってから私は、雨が降ると窓の外に手のひらを出してみた。雨が指と指のあいだを通るのを想像しながら。幼稚園はなくなり、その場所に太刀魚煮込みの店ができた。幼稚園がなくなったのが悲しくて、その店には絶対行くもんかと思った。帰宅すると、スーパーから配達されたものが玄関口に置いてあった。ハルラボン［済州島産のみかん］の入った箱もあった。朴次長が送ってきたものだ。夫の店を受け継いで社長になった彼は、毎年夫の忌日になると果物を送ってきた。あいつが長男だったらなあ。いつだったか夫がそう言ったことがあった。家賃も毎月きちんきちんと払ってくれるし、朴次長の方が息子よりずっとましだった。アンコウを煮ながら、私も児童詩を作ってみた。私の名前はアンコウ。かわいくありません。おいしいです。もう一度つぶやきながら、あまりに幼稚なので顔が真っ赤になった。アンコウ煮込みはおまえの妹がうまいよなあ。夫はアンコウを食べるとき、いつもそう言った。妹の家族が初めて買った家に呼ばれた日のことだった。その日食べたのがアンコウ煮込みだった。「なんだ、カルビ煮込みはないのか」夫が冗談を言った。そう言ったのが申し訳なかったのか、夫はアンコウをがつがつ食べた。着ていた白いシャツにソースが飛び散るほど。そのようすを見ていた妹が言った。「義兄さん、これからはいつでも作ってあげる」。でもその約束は守れなかった。夜になっても、娘と息子からは電話がかかってこなかった。私はひとりアンコウ煮込みを肴に白花寿福を飲みながら、勝手にすりゃいい、とつぶやいた。ところが寝ようとしたとき、ぽろっと悪口が出てしまった。バカ娘にバカ息子。もしかしたら、夫にそれを聞かれたのかもしれない。その晩、夫は娘の夢に現れた。息子の夢にも。そして妹の夢にも。

二

娘は夢のなかで、若い夫の手を握って泳ぎを習っていた。「そうだ、その調子だ」前に進むたびに夫が言った。夢のなかで娘は花のついた水泳帽をかぶっていた。娘はひとり暮らしを始めるとき、アルバムからその帽子をかぶって撮った写真を剝がしていった。娘が七歳のときだった。プールの入り口で私は娘に水泳帽を買ってやった。私とは目も合わせない子だったが、好きな帽子を選んでいいよと言うとにっこり笑った。それがてっきり合図だと思った。私に心を開く。でもそうではなかった。その日、娘はもう少しで溺れるところだった。この四十年間、娘はそのときのことを誰にも話さなかった。夫が娘の夢に現れたのは午前三時頃だった。娘は三時十分に目を覚まし、じっと両手を見つめた。さっきまで誰かに手を握られていたような気がした。あたたかかった。しばらくして娘は上着をはおって外に出た。そしてタバコを吸いながら歩いた。歩きながらタバコを吸っているところを見られた、二十歳のある晩のことを思い出した。「勉強が大変なのか?」夫はひと言そう言った。娘は一本のタバコを吸い終えるところまで歩き、さらにもう一本吸いながら引き返してきた。ワンルームマンションの一階にあるコンビニで、短い髪の青年がカップラーメンを食べていた。娘もコンビニに入った。カップラーメンを食べるはずだったのに、ビールとチキン一ピースを買ってしまった。そしてカップラーメンを食べている青年のそばに座ってビールを飲んだ。ひと口飲むと、急に体がぶるっと震えた。靴下をはいてくればよかったと思った。娘は靴下をはくのを嫌った。私が娘に一番よく言ったのも、靴下をはきなさい、だろう。「それ、ひと口だけもらえませんか?」隣の青年が娘に話しかけた。青年は素足でスリッパをはいていた。かかとが黒かった。お金がなさそうだったので、一本買ってあげる、と言ったら、青年は首を横に振った。「だめなんです。未成年だから」。娘は立ち上がり、缶ビール一本と缶コーヒー一本を買ってきた。そして缶コーヒーの中身を空っぽのカップラーメンの器に捨て、そこにビールを注いだ。それを青年に渡した。ふたりは無言でビールを飲んだ。雪が降ったらいいなと青年がつぶやくなり、嘘のように雪が降りだした。ふたりは静かに雪を眺めた。娘が不意に青年に訊いた。「泳げる?」。青年が首を横に振った。娘は青年に、七歳の頃プールで溺れそうになった話をしてやった。「見知らぬおじさんが助けてくれたの。意識を取り戻したとき、父は継母を見ながら笑ってた。そんな父が憎かったけど、父を憎む代わりに継母が憎らしくなったのよね」。娘の話を聞いていた青年が、ビールをもう一本買ってほしいと言った。娘はだめだと答えた。すると青年が立ち上がった。「泳ぎを習ってください。僕もそうします」。娘は家に帰ってきて、もう一度夢を見させてくださいと祈りながら眠った。夢は見なかったが、そうだ、その調子だ、と寝ごとを言った。

　その時間、夫は息子の夢のなかに入っていた。息子は夢のなかで老いた夫と山に登っていた。息子は夫の後ろ姿を見ながら歩いた。ふたりは坂道を登り続けた。夢なのに息を切らしていた。「もうムリ」息子は言った。「もう少し、もう少し」夫が言った。ようやく頂上に着き、夫はリュックを下ろした。そこで敷物を取り出した。水筒とカップラーメンも取り出した。カップラーメンができあがるまで、ふたりは黙って雲を眺めた。雲は鮮やかだった。誰かがわざと白く色を塗ったように。息子はまずスープを飲んだ。夫はまず麺を食べた。ズルズルズルッと音を立てながら。焼酎があればいいな。息子がそう思ったとたん、夫がリュックから焼酎を一本取り出した。ふたりは焼酎を一杯飲み、スープを飲んだ。それから麺を食べた。息子もわざとズルズル音を立てた。焼酎を一本空けるまで何も話さなかった。「帰ろう」夫が言った。ふたりが腰を上げるなり、風が吹いた。ビューン！　息子は敷物が遠くの方へ飛んでいくのを眺めた。魔法の絨毯のようだった。息子はその敷物の上に幼い自分が座っているのを見た。その子は手を振っていた。夢から覚めた息子は、父とふたりで酒を飲んだのは初めてだったことに気づいた。息子は三カ月前に別れた彼女にメッセージを送った。「寝てる？」。するとしばらくして返事が来た。「いま何時だと思ってるの？　寝てるに決まってるでしょ」。息子は電話をかけた。着信音が五回鳴ったあと、彼女が電話に出た。息子は別れた彼女に、幼いときから自分につきまとう幽霊の話をして聞かせた。七歳の頃だった。息子は娘に、誕生日にミミズの形をしたゼリーを買ってほしいと言った。すると娘は、あたしたちの母さんはあんたを産んで死んだのよと言った。だから誕生日に好きなものを食べないで、と。数日後、息子の通っていた幼稚園で事故があった。

かくれんぼをしているときに、ある子が浄化槽のなかに落ちてしまった。その日の午前、警察の取り調べを受けた浄化槽の清掃会社の人は、蓋はちゃんと閉めたと言った。子どもがわざとそこに隠れたのだと言い張った。「その日、僕がその子をからかったんだ。うんちの臭いがするって。だから死んだあともずっと僕につきまとってる」。「その子の名前は？」彼女が尋ねた。「ミョンホ。イ・ミョンホ」。彼女が息子に言った。これからはその子がついてきたら先に声をかけてみて、と。「自信がないんだ。僕みたいな男とは別れて正解だったね」そう言って息子は電話を切った。しばらくしてメッセージが届いた。「わたしもミミズのゼリー、好きだったわ」。息子はそのメッセージを長いこと眺めた。そしてこうつぶやいた。ミョンホ、きみの好きなものは何だったの？

　息子の夢から抜け出した夫は、私のところには来なかった。その代わり、妹の夢に入って謝った。妹一家は、苦労して買った家をわずか一年で手放した。妹の夫はショックで倒れ、起き上がってからも右足と右腕が使えなくなった。口ごもるようになり、家の外に出なくなった。一度杖をついて夫のもとを訪ねていき、お金を貸してもらえないかと言ったことがあったが、夫は断った。両親を早くに亡くしたために中学校も卒業できず、十四歳のときから働かなければならなかった夫は、お金にけちけちしていた。そのことを恨みに思ったのか、妹一家はわが家と連絡を絶った。親戚の結婚式や葬式などで会っても、ひと言も話さなかった。夫は夢のなかで私の妹に謝った。「あのときわざわざ訪ねてきた朴書房《パクソバン》［妻の妹の夫をさす］に、ジャージャー麺しか食わせてやれなかった。タクシー代にとたったの一万ウォンを渡した」そう言って夫はこう打ち明けた。朴書房の葬儀を終えて店に戻ってきてみると、靴の修理屋の主が替わっていたと。新しく来た男は足を引きずり、杖をついていた。若い頃、工事現場で働いているときに、三階から落ちたのだという。彼を見るたびに、夫はお金を借りにきた朴書房のことを思い出した。タクシーで帰れと言っても、バスで帰るからと停留所の方に歩いていった後ろ姿を。だから夫は、靴の修理屋の主と毎日、将棋を一局指した。罪悪感にかられるたびに、わざと負けてやった。「何の因果か知らんが、俺はそこで将棋を指しているときに死んだんだから、許してくれないか」夫が言った。妹は許さなかった。夢から覚めたときには枕が濡れていた。義兄さんのせいじゃない。妹は濡れた枕を見ながらつぶやいた。そして台所に行って、朝ご飯の支度を始めた。卵蒸し《ケランチム》を作り、包丁でソーセージに切り込みを入れてタコのようになるまで炒めた。妹はシンクの前に立ったままで、ゆうべの残りの大根スープにご飯を入れて食べた。それから子ども部屋に行って、寝ている孫娘のおでこにキスをした。「あんまり遅くまで寝るんじゃないよ。冷蔵庫に牛肉の醤油煮があるからね」。孫娘は寝ぼけたように、うん、うん、と答えた。妹はかまぼこ工場で働いていた。夫が倒れてからなので、いまでは一番の古株になった。去年の夏には班長に昇進もした。かまぼこ工場では、昼食にいろいろなかまぼこがおかずとして出された。妹は、どんなに食べても飽きないのを見ると、かまぼこ工場で働くのは自分の体質に合っているようだと冗談を言った。昼ご飯を食べたあとは女どうしで卓球をした。白い球が行ったり来たりした。妹はわざと頭を左右に動かしながら卓球の試合を眺めた。そのうち首の筋肉が痛くなった。午後はホットバー［魚のすり身をホットドッグのように棒に刺して揚げたもの］をつくった。チーズの入ったもの。エゴマの葉が入ったもの。カニカマの入ったもの。妹は仕事が終わったあと、チーズとカニカマのホットバーを従業員割引で買った。帰宅すると朝作ったソーセージはなくなっていたが、卵蒸しは半分ほど残っていた。テーブルもきれいに拭いてあったし、洗い物もしてあったので、妹は孫娘のお尻をぽんぽんとたたいてやった。「うちの可愛い子犬ちゃん［幼い子どもを愛情をこめて呼ぶ］」そう言うと孫娘が、ワンワン、と吠えた。妹はホットバーにケチャップをかけて孫娘に渡した。孫娘が食べているのを見ながら、今度また義兄が夢に現れたら許してやろうと思った。でも再び夫が夢に現れることはなく、だから代わりに、そのことを伝えに私のところにやってきた。

三

妹がインターフォンを押したとき、私はトイレの便座に座っていた。別に訪ねてくる人もいないので立ち上がらなかった。暗証番号を知っている娘か息子ならインターフォンを押すはずがなかった。この際、番号を替えてしまおうか。ひとり暮らしなのに三つも部屋が要るのかと、息子が言ったのを思い出した。バカ息子。そうつぶやくと、うさぎのフンみたいなうんちが出た。「お父さんの保険金はみんなミングにあげたじゃない。わたし、この家だけは譲らないわよ」。娘がそう言ったことも思い出した。バカ娘。するとまた、うさぎのフンみたいなうんちが出た。再びインターフォンが鳴った。私は便座に座ったままだった。二十分ほど過ぎただろうか。妹が玄関のドアをたたいた。「姉さん、あたしよ」。私がドアを開けると、妹が会いたくないからわざと出てこなかったのかと訊いた。「便秘なのよ」私はトイレの方を見ながら答えた。妹はまるでわが家にしょっちゅう出入りしているかのように、靴を脱いで台所の方へ行った。そして水を飲んだ。水分を摂らなきゃ、でないと便秘になるからね、とでも言うようにごくごく飲んだ。妹はコップを置きながら早口で言った。「ごめん。それから、許してあげる」。私は何がごめんなのか、何を許してやると言っているのかわからなかった。突然やってきて何の騒ぎなのかと腹を立てようとしたら、妹が話を続けた。「義兄さんが夢に出てきたのよ」。その瞬間、思わず私はこう言ってしまった。「死んだらおとなしくしてりゃいいのに。図々しく人の夢にまで出てくるなんて」。私がそう言うと妹が笑った。妹が笑うのを見て私も笑った。私は妹に、今後は夫の祭祀をしないことに決めたと言った。「生きているあいだ、十分ご飯を作ってやったしね。いまじゃ自分のご飯を作るのも面倒なのよ」。妹はそうだね、そうだね、とうなずいた。怖がり屋でトイレにもひとりで行けなかった妹。トイレの外で待っている私に、お姉ちゃん、遠くに行かないでよ、と言っていた妹。私はわざと返事をしないで、妹を泣かせたものだった。そんな妹が白髪になって私の前に現れた。「染めなさいよ」私は妹に言った。妹は私の入れた生姜茶をふうふう吹きながら飲んでいたが、急にもう帰ると腰を上げた。夕飯を食べて行かないかと言うと、実は孫娘が遊び場で待っているのだと言った。「てっきり姉さんにしめ出されると思ったから、一緒に来なかったのよ。孫にそんなところを見られたくないしね」。妹と一緒に遊び場に行ってみると、可愛い女の子がブランコに乗っていた。「ジフ〜」妹が呼ぶと、その子は走ってきて妹の胸に抱かれた。夫の葬儀に妹は息子のジョングクを連れてきた。妹は弔問だけ済ませてすぐ帰ったが、甥は喪中の三日間、ずっと一緒にいてくれた。そのとき甥が、もうすぐ子どもが生まれると言った。秒読み段階だと。だから妻は来られなかったのだと。そのとき生まれたのだから数えで十一歳になっているはずだ。「お父さん似だね」私がそう言うと、ジフはみんなにそう言われると答えた。「でも性格は似ていないんです」。しっかりしているところが、ジョングクよりも妹に似ているような気がした。

何か食べたいものはないかと訊くと、妹は中華料理の出前でも取ろうと言った。ご飯作るの面倒なんでしょ、と。私はタンスユク［酢豚］とチャーハン、それとジャージャー麺をたのんだ。妹が豚肉をひと口食べて、ビールも飲もうと言った。私は、ビールはないけれど夫が死ぬ前に漬けた人参《インサム》酒ならあると答えた。「それもいいわね」妹は人参酒を一杯飲んでから、豚肉をふた切れ食べた。そしてまた酒を一杯。「いい飲みっぷりじゃないの」私がそう言うと、妹はかまぼこ工場で働くようになってから酒に強くなったと言った。仕事が終わったあと、工場の食堂で同僚たちとよく飲むのだと。できたてのかまぼこを肴に酒を飲むのは最高のごちそうだと。夕食後、妹とドラマを観た。ある女が嘘をついて金持ちの家に嫁いだのだが、その家の運転手に自分の正体を見破られる。「なんて女だ」嫁が運転手を殺そうとしたとき、妹が言った。ドラマなんだからそんなに興奮しなくてもいいのに、と私は思った。台所で宿題をしていたジフが、終わったのかペンケースに鉛筆を入れはじめた。妹一家の引っ越し祝いに行ったとき、ジョングクは中学生だった。生まれて初めてベッドを買ってもらったとうれしそうに話していた。勉強はできないがいい子だと義弟が言ったので、みんなで笑ったものだ。いい子ならいいじゃないか、そうだよ、と調子を合わせながら。「おばあちゃん、コンギ玉遊び［プラスチック製の小さな玉を五つ投げて取る、お手玉に似た遊び］してもいい?」ジフが訊いた。妹がいいよと言うなり、ジフがペンケースからコンギを取り出した。ジフは失敗せずに五十点を獲得した。「おばあちゃんに似たんだね。おばあちゃんもそりゃ上手だったんだよ」。妹は幼い頃、近所でコンギが一番うまかった。誰も妹にかなわなかった。ジフが妹にコンギを渡した。妹はレベル3で失敗した。もう一度最初からやってみたが、レベル

5止まりだった。「軽すぎるのよ」妹が言い訳をした。自分は本物の石じゃないとうまくできないと言った。またジフの番だ。百点までいった。「誰が〝コンギ〟って言いだしたんだろ」私は妹に訊いた。妹は、それよりかくれんぼ《スンバコッチル》という言葉の方がもっと変だと言った。こんな難しい名前をいったい誰が思いついたのだろう。ジフがレベル2でコンギを落としそうになった。コンギが爪にあたって飛んだのを、ジフは腕を伸ばしてつかんだ。その瞬間、私と妹が同時に叫んだ。「コン」。ジフも真似て叫んだ。「コン」。ジフは次のレベルで、コンギを頭の上まで投げた。すごーい。私が感心しているとジフが言った。「これは白頭山《ベクトゥサン》［朝鮮半島で最高峰の山］」。そしてレベル4では、コンギを天井めがけて高く投げた。「これ、なあんだ」ジフが訊いた。私が白頭山より高い山だと答えた。「だから、それはなに？」ジフがそう言うと妹が答えた。「ほら、あるじゃない。いつも雪をかぶっている山」。名前が思い出せそうで思い出せなかった。「あ、あれあれ。あれよ」私が言った。「エベレスト」ジフが言った。「それよ、それ。いま言おうと思ってたのよ」私が言った。

雪が降った。道も滑るし、帰るのは明日にしたらどうかとふたりを引き留めた。「その歳で転んだらおしまいよ」。妹はそうすると言った。ジフは息子の部屋で寝たいと言った。長いこと床暖房をつけていない部屋は寒いから、私の寝室でみんな一緒に寝ようと言っても、ひとりで寝たいと言い張った。床暖房の温度を上げ、布団ももう一枚かけてやった。私と妹は並んで横になった。「寝た？」しばらくして妹が訊いた。「まだ」私が答えた。妹が隣の家に住んでいたホンのうちを覚えているかと訊いた。ホンのうち。兄弟の名前にみんな〝ホン〟がついているので、私たちは「ホンのうち」と呼んでいた。「それがね、あたし、ジョンホンを見かけたのよ。去年の秋、工場の人たちと紅葉狩りに行ったんだけど、そのとき入った鴨肉鍋の店で働いてたの」。ジョンホンというのはホンのうちの二男三女の末っ子で、妹と同い年だったのでよくうちに遊びにきていた。「声はかけなかった。あたしより五歳は老けて見えたから。で、あいつを見ながら思ったのよね。あたしたちの人生がこうなったのは、ひょっとしたらホンの母さんのせいじゃないかって」。兄さんが兵役に就いて数カ月経った頃だった。その年の夏はひどい日照りで、田んぼに水を引こうとしたときに隣人とのあいだに諍いが起きた。田んぼが隣り合わせになっていたわが家とホンのうちが一番激しく言い争った。酒に酔うとカッとなりやすい父さんが、ホンの父さんを殴った。ホンの父さんはそのまま畔の下に転がり落ちて腰を痛めた。するとホンの母さんがわが家にやってきて、治療費を出せと言った。金がなければ牛でも出せと。縁側でマッコリを飲んでいた父さんが庭に酒をまいて言った。屁理屈を言うな。すると、ホンの母さんは呪いの言葉を吐いた。「ホンの母さん、よく予知夢を見てたでしょ？ 巫堂《ムーダン》［韓国のシャーマニズムにおける巫女］がかかってるって。そんな人が呪いを浴びせたから兄さんが死んだのよ」。兄さんさえ生きていたら、私はあんな家に嫁がなかっただろう。妹も。その後、父さんは酒浸りになった。そして毎日、ホンのうちに行って叫んだ。俺の息子を返せと。「姉さん、あたしは父さんが怖かったし、気味が悪かった。だからあの人と結婚したの。ほんとつまらない人だったけど」。父さんの目はいつも赤かった。私はそれがいやだった。「だからあたしも逃げたのよ」。私が嫁いだ家には、父さんのような男がふたりもいた。実家に戻った日はどしゃ降りだった。夫が死んだら自分の子も捨てて帰ってくるのかと、母さんはいつも私を悪く言った。何とでも言えばいい。私はかまどのなかに薪をくべた。そして蒸したサツマイモを持って部屋に入り、三日間寝ては食べ、食べては寝た。「姉さん、ミンホン兄さんが姉さんのこと好きだったの、知ってた？」。ミンホン兄さんとはホンのうちの次男だ。私が小川で泳いでいると、水のなかでよく私の足を引っ張った。近所では秀才だと騒がれていた。「姉さんに渡してくれって手紙をあずかったこともあったけど、家に帰る途中で捨てちゃったのよね。彼も苦労したみたいよ。事業に失敗して、借金取りから逃げているときに死んだんですって」。その晩、妹は夢を見た。夫が礼を言って、熟し柿を二つ差し出した。妹はその熟し柿を食べた。甘かった。妹が食べ終わると、夫は私に伝えてほしいと娘と息子の話をした。

四

朝はおこげのスープでも作ろうかと思ったら、妹が今日はジフの誕生日だと言った。わかめはあるけど牛肉がないので［誕生日に牛肉の入ったわかめスープをつくる習慣がある］、干しエビを代わりに入れることにした。わかめをごま油で十分に炒めてから、そこに干しエビと水を入れて煮た。味を見ると、まずまずの出来だった。久しぶりに白いご飯を炊いた。私はジフを起こしにいった。ジフはベッドから起き上がり布団をたたんだ。娘もそうだった。起きたらきれいに布団を片づけ、下着も自分で洗った。私は娘のそんなしっかりしたところを見ると悲しく、ときには心が痛んだ。きっと私は罰を受けているのだと思った。実の娘を捨てたのだから当然の報いだと。朝ご飯を食べたあと、私はジフに何か欲しいものはないかと尋ねた。「一度も誕生日プレゼントを買ってやれなかったからね、欲しいものがあったらなんでも言ってごらん」私がそう言うと、ジフは首を横に振った。遠慮しないでいいからと言うと、ジフが妹の顔色をうかがいながら言った。「このおばあちゃんとあれやってもいい？」「あれって？」私が訊くと、ジフが魔女ごっこだと答えた。「誕生日にはいつもおばあちゃんとするの」。私が魔女ごっこというのは何だと訊くと、妹がこう説明した。「ほら、漫画とかに出てくるじゃない。魔女の作るおかしなスープ。それを作るのよ。あ、本物のスープじゃないけどね」。そんなものを作ってどうするのかと訊くと、ジフが呪文を唱えるのだと言った。「何のことやらさっぱりだけど、やってみよう」。するとジフが手をたたきながらぴょんぴょん飛び跳ねた。

　私たちは外に出た。ジフが魔女スープに入れる材料を探しにいこうと言った。まずは公園に行った。ジフは腕組みをして公園をぐるっと一周したあと、ブランコの下だと叫んだ。私たちはブランコの下を掘った。するとおもちゃの指輪が出てきた。「ほら、やっぱり。ブランコの下とか滑り台の下には、宝物が隠されてるんだよ」。ジフが指輪をフーフーと吹いた。そして持ってきていたビニール袋に入れた。途中拾った松ぼっくりも一つ入れた。ジフによるとそれは欠かせないものなのだそうだ。松ぼっくりと落ち葉。今年は松ぼっくりがきれいだから、落ち葉はやめにして松ぼっくりにするとジフが言った。鳥の羽も欠かせないと言うので、私は鳩がよく集まっている場所にジフを連れていった。そこには餌をやるなと書かれた札があった。「姉さん、ここに来て餌やったりしてるんじゃないでしょうね？　そんな年寄りにならないでよ」妹がそう言うのを聞いて、私は否定した。餌をやる人がいないからか、あれだけたくさんいた鳩が見当たらなかった。ジフと近くを探しまわって、ようやく小さな羽を一枚見つけた。ジフはそれもビニール袋に入れた。ジフがこの近くに小学校はあるかと訊くので、小学校までは少し歩くけれど中学校ならすぐ隣にあると教えてやった。ジフが、うちは小学校のすぐ隣だと言った。「おばあちゃんが窓を開けて忘れ物を投げてくれたら、すぐ受け取れるくらい近いよ」。私が、ジフは忘れ物をするような子には見えないと言うと、ジフはそれはそうだと言った。私たちは中学校に行った。息子が卒業した学校だ。バレーボールが有名な学校で、背の高かった息子にバレーボール部の監督が勧誘してきたこともあった。三人でグラウンドを一周した。「地面をよく見てて。意外とおもしろいものが見つかるんだから」そう言ってジフは、去年見つけた書きかけのラブレターについて話した。便箋が舟の形に折られていたと。「ジョンミって子に書いた手紙なんだけど、そのおかげで去年は呪文がよくかかったよね。もちろんその子には幸せの呪文をかけてやったよ」。話を聞いていた妹が急に笑いだした。「そうそう、去年はほとんど成功したっけ」。私が何があったのかと訊くと、おなじクラスの子が下痢をしますようにと呪文を唱えたというのだ。そしたら本当に下痢になって三日間学校を休んだと。また、担任の先生が道で転びますようにと念じたら、足をくじいて一カ月ギプスをしたと言った。それを聞いて私はびっくりした。呪いをかけるなんて。「そんなひどいこと、私はやらないよ」そう言って私は妹をにらみつけた。いい歳して。やめさせるどころか一緒にやる？　「幸せな呪文の方がずっと多いんだよ。それにその子はあたしを泥棒呼ばわりしたの。担任の先生は、その子の言うことだけを信用したし」。ジフはその子にいじめられたことを話しはじめた。ジフの話を聞きながら、私も思わずひどい子だねと言ってしまった。「ほらね。そんな子は下痢で三日くらい苦しんでもいいんだって」。私は、過ぎたことはもう仕方ないけど二度とそんなことはしちゃだめよ、と言った。ジフがわかったと言った。しばらくして、目の前で何かがキラッと光った。拾ってみるとボタンだった。「これはどう?」私がジフに見せると、ジフはとても気に入ったと言った。妹はガムの包み紙を拾って見せたが、ジフがそれは要らないと首を振った。体育館の方に歩いていくと、なかでバレーボールの練習をしている生徒たちが見えた。それを見たジフが汗も入れようと言った。「あとで走って家に帰らなきゃ。汗が出るまで」。学校の正門に片方の手袋がかかっていた。私たちはそれもビニール袋に入れた。裏門の方に歩いている途中、爪ぐらいの大きさのフクロウのマスコットも見つけた。それも拾った。ジフがそこから走って帰ると言うので、私たちはそうしろと言った。ジフが、じゃあ先に行くね、と言って走りだした。その後ろ姿を見ながら、私と妹はゆっくり歩いていった。いまは太刀魚煮込みの店になっているゾウ幼稚園の前を通ったとき、私はそこで毎年、児童詩の発表会があったことを妹に話してやった。それを見にいくのがとても楽しみだったと。「かけっこ」妹がいきなりそう言った。「かけっこ。いいじゃない。これで児童詩をつくってみて」。私は家に着くまでかけっこについて考えてみた。適当な文章が思いつかなかった。私の住んでいる棟に着いたとき、ジフが息せき切ってその場で足踏みをしていた。「ハーッ、おばあちゃん。ハーッ、早く。ハーッ、ドア開けて」ジフが言った。私はすぐ共同の玄関を開けた。エレベーターのなかで私は妹に言った。「聞いた? さっきジフが言ったこと。それにしよう」。妹は何のことだと訊き返した。そこで私はかけっこというタイトルの児童詩を詠んでやった。「タイトルはかけっこ。詠み手、カン・エスン。ハーッ、おばあちゃん。ハーッ、早く。ハーッ、ドア開けて」。妹がそんなのだったら一日に百個は作れると言った。私は、だったら一日に百個作ってみせてよ、と言った。退屈しないですむからと。

家に帰ってきて爪を切った。爪や髪の毛を入れると強力な効果があるらしい。三日月模様に切るようにと言われたので、そうした。他に入れたいものはないかとジフに訊かれ、私は息子の部屋に入った。机の引き出しを開けてみたら、笛があった。吹いてみたけれど音は出なかった。私がこれも入れたいと言うと、ジフはしばらく考え込んだ。「音の出ない笛はなんだか悲しいね。だから、入れるね」。娘の机の引き出しには何も入っていなかった。タンスにも。娘はひとり暮らしを始めるときに全部持っていった。私は引き出しの奥の方に貼ってあるシールを剝がそうとした。きれいに取れなかった。金髪のお姫様シールで、頭だけがなんとか剝がれた。それもスープに入れることにした。ジフが大きな鍋にビニール袋のなかのものを流し込んだ。それをガスレンジにのせ、魔女のようにスープを作る真似をした。棒でぐるぐる混ぜながら。しばらくそうやって混ぜたあと、ジフがみんなで願いごとをしようと言った。「いつもあたしの髪の毛を引っ張るジョンホが鼻血を流しますように。毎日、夜明けからドンドンうるさい上の階のおじさんが引っ越しますように。あと、虹を十回見せてください」ジフが棒で混ぜながら言った。「今度はおばあちゃんの番」。妹がジフから棒を受け取った。「五万ウォン札を渡したのに五千ウォンだって言い張る魚屋の女が、二日だけ風邪を引きますように。ジフの背が伸びますように」。妹がそこまで言うと、ジフが、まだあるじゃない、と言った。「うちのマンションの玄関に唾を吐く人」ジフがそう言うと、妹が再び棒を握った。「うちの玄関に唾を吐くやつが便秘になりますように」妹が言った。そんなふたりを見ていると、なんだか涙が出てきた。涙もろくなってはいけない。私はそっと頬をつねった。ジフが私にも呪文を唱えてみてと言うので、棒を握った。でも言葉が出てこなかった。私は棒をまわしながら心のなかで呪文を唱えた。息子につきまとう子どもの幽霊がいなくなりますように。娘が一週間に一度は電話をかけてきますように。私はジフに棒を渡しながら、心のなかで唱えたと言った。「どんな願いごとをしたのか教えてくれないの？」ジフがそう言うので、私はジフの耳元でささやいた。「おばあちゃんになりたいってお願いしたんだよ。孫ができたら口演童話を聞かせてやれるからね」。ジフが今年の願いごとが叶ったら来年も一緒にしようと言ったので、私はそうしようと言った。小指をからませて約束した。すると、これらのことはみんなきのう見た夢のように思われた。

作家ノート

祖母はよく花札占いをした。朝学校に行こうとする私に、今日はいい知らせがあるよとか、散歩にでかけることになるよと教えてくれた。おかげで私は小学生のときから十二枚の花札の意味を知っていた。私が一番好きな札は五月の菖蒲と、十二月〔日本は十一月〕の雨の降っている札だった。雨が降ると麺を食べる。日曜日には私もときどき花札占いをした。祖母が一回、私が一回。その後ふたりで花札をした。長い休みになると、さらに回数が増えた。甥が生まれたとき、私は植物図鑑を買って春に咲く野花の名前を覚えた。甥が大きくなって一緒に散歩に出かけるようになったら、物知り博士のように野花の名前を教えてやれるおばさんになりたかったからだ。でも甥と散歩をすることなどなかったし、野花もあまり見る機会がなかったせいで、すぐに忘れてしまった。植物図鑑を覚えるのは、いつかまた挑戦するつもりだ。孫はいないだろうけど……野花を見かけたら、ひとりでも名前を呼んでやれるようなおばあちゃんになりたいからだ。この小説に出てくるおばあちゃんには、花札占いが好きだった祖母と、野花の名前を覚えるおばあちゃんが半分ずつ混じっている。それは私がなりたいおばあちゃん像でもある。

黒糖キャンディー

ペク・スリン

ゆうべ祖母の夢を見たのは、おそらく弟のサンウから聞いた話のせいだ。祖母の四回目の命日に家族みんなでお墓参りをしたとき、私はサンウから祖母にまつわる驚くべき話を聞いた。

「姉さん、あのじいさん覚えてる？」

秋の陽ざしが心地よい土曜日の午後、公園墓地にはトンボがのんびりと飛び交っていた。まだ幼い甥たちは歓声を上げながら走りまわり、陽ざしを浴びた墓石はてかてか光っていた。久しぶりに祖母に会いにくるにはちょうどいい日だった。

「誰？」

「ほら、前に俺たちがフランスにいたとき、アパートの一階に住んでたじいさん。背が高くて、補聴器つけた」

墓地の草取りを終え、義妹と親族たちが草むらに丸く座って語らっているあいだ、一緒に湖畔を歩いていたサンウが私に訊いた。

「ブリィニエさん？　あれ、違ったっけ？」

「そうだったかな。覚えてないけど」

「たしかそんな名前。ブリィノさんだったかもしれないけど。で、何よ。いきなり」

　私たち家族がフランスに移り住んだのは、私が十三歳のときから十六歳までだったから、もう二十年も前のことだ。

「ばあちゃん、そのじいさんと付き合ってたんだよね？　いま思い出したんだけど」

「なにバカなこと言ってるの」

　私は目をまん丸くして振り返った。

「姉さん、知らなかったの？」

　サンウがからかうように笑った。

「だから、何言ってるのよ」

「実を言うと俺、ばあちゃんとそのじいさんが手をつないで公園のベンチに座っているの、見ちゃったんだよね」


　その晩みんなと別れたあと、私はひとり暮らしをしているマンションに戻るなり、クローゼットの奥から祖母の遺品をしまってある大きな箱を取り出した。装飾品や金の指輪などが入っているその箱のなかで、圧倒的な重さを占めているのは数十冊にもなる日記帳だ。形も大きさも違うそれらのノートの表紙には、壇紀四二八三年・西暦一九五〇年、壇紀四二九三年・西暦一九六〇年、と記されていた。子どもの一歳の誕生日に〝ナイロン靴下〟と〝五百ファン［一九五三年から一九六二年まで流通した通貨単位］〟をもらったなどと細かく書いてある祖母の日記を捨てるに忍びず、遺品の整理をした日に全部もらってきたのだけれど、私は祖母のプライバシーを尊重して、一度もくわしく読んだことがなかった。「イルム〔名前〕」を「イルフム」と書いたり、「ソルン〔三十〕」を「ソルフン」というふうに昔の表記で書いていた祖母。私はそれらの日記帳のなかから、私たちがフランスに住んでいた頃の祖母の日常が綴られたノートを見つけた。

*

祖母が私たちと一緒に暮らしはじめたのは、私が五歳、サンウが三歳のときだった。祖父が長い闘病の末に亡くなり、祖母の娘である私のふたりの叔母が、ひとり暮らしは寂しいから長男――つまり私の伯父――と一緒に暮らしたらどうかと勧めたときもきっぱり断った祖母が――「やっと自由の身になれたのに、今度は息子と嫁の顔色をうかがえっていうの?」――次男の家に来て暮らすことになったのは、私が五歳になった年の七月に、母が交通事故で突然この世を去ってしまったからだった。「あんたたちの父さんにひざまずいて頼まれたのよ」。以前、急に私たちきょうだいの面倒を見る気になった理由を尋ねたとき、祖母はそう答えた。体格のよい父が祖母の前にひざまずくなんて、想像もつかなかった。ともかくその年の秋、祖母は軽く荷造りをしてわが家にやってきた。引っ越しという言葉が似合わなかったのは、サンウが小学校に上がるまでは一緒に暮らすつもりで、それまで住んでいたマンションを処分せず、ほとんどの荷物を置いたままにしていたからだった。ひと月に何度か、定期的に、祖父と暮らしていた二十坪のマンションに掃除をしに帰っていた祖母が、それを売ってわが家に定着したのは、私が九歳、サンウが七歳のときだった。いつか自分の家に帰るつもりでいた祖母の気持ちが急に変わったのはなぜだろう。私はそのことについて一度も祖母に訊いたことがない。いまになって思うと、自分を守るための私なりのやり方だったのかもしれない。祖母はいつか私たちを置いて出ていくだろう。だから心の片隅にいつも、祖母がいなくなったらどうしようという恐れが渦巻いていた。なら祖母が私たちきょうだいを愛していなかったかというと、そうではない。祖母が私と弟に注いでくれた愛情は格別なものだったし、孫たちとひとときも離れたくないから一緒に暮らすことにしたのだと、私は固く信じていた。もちろんそれは嘘ではなかった。でもいまの私は、祖母が自分の家を手放して私たちと一緒に暮らすことにした本当の理由は、私たちが祖母を必要としたからだということを知っている。

祖母は植民地時代、とある開港都市で大きな洋装店を営んでいた両親の三男三女の長女として生まれた。私はずっと前、セーラー服姿でどこかの塀の前に立っている祖母の写真を見たことがある。八歳、よくて九歳の少女の顔には、生に対する態度を遠からず決めることになる、自尊心や好奇心のようなものがすでに見え隠れしていた。六人の子どもがみんな新しい教育を受けられたのは、もちろんリベラルで十分な財力を持っていた親のおかげなのだけれど、高等学校止まりの妹たちとは違ってひとりだけ親を説得して大学に入ったという点は、祖母の性格を知る重要な一面でもある。祖母が亡くなったとき、弔問に訪れた人たちはたいてい祖母のことを〝そんなふう〟――強情とか、見栄っぱりという言葉を使う人もいた——に回想した。「あんたのおばあちゃんは、やりたいようにやってきた女だからね」。冷めてしまったユッケジャンや硬くなっていくゆでた豚肉の薄切りを前に［どちらも弔問客にふるまう食事］、彼らが祖母のことなら何でも知っているかのように話すのを聞きながら、私はしだいに嫌な気分になったが、なぜだかはわからなかった。考えてみると「やりたいようにやってきた女」という一見すると無害な表現のなかに隠された、鋭く尖った何かが気に入らなかったのだと思う。姉妹のなかで祖母だけが大学に入ったことは話の種になるのだが、夢にまで見た大学を戦争が勃発するよりも早く中退したことはあまり記憶されていない。私にとって祖母は、結婚したらやめなければならなかった当時の女子大の規則を知らないはずはないのに、結局は一年も経たずして、親に言われるがまま一生退屈するであろう男と見合いをし結婚してしまう、そういった類《たぐい》の人だ。

身長一六〇センチに体重四十九キロを何十年も維持し、端正な白髪のボブヘアを固守していた祖母。同年代のおばあちゃんたちと違っているところが、幼い頃の私を得意にさせた。祖母は日本語がとても流暢で、日本風の甘い卵焼きや茶碗蒸しが作れたし、「エーデルワイス」を英語で歌うこともできた。他のおばあちゃんたちと違って教育レベルが高かった祖母のおかげで、私と弟は母の不在をひしひしと感じることはなかった。小学校を卒業するまで、祖母は他のお母さんたちとおなじように連絡帳を見て持っていくものを準備してくれたし、栄養のバランスを考えたお弁当も作ってくれたし、足し算と引き算、九九なども教えてくれた。また祖母はピアニストになりたくて音楽学部に進学したこともあって、私と弟にバイエルの上下巻を教えてくれた。〈お父さんとクレパス〉とか〈果樹園の道〉などの曲をお手本として弾いてくれたときの、祖母のまっすぐに伸びた背中や優雅な腕の曲線。小学校も出ていない他のおばあちゃんたちと違って洗練された気品が漂う祖母を、私はいつも憧れのまなざしで見つめていた。

　建築の仕事でいつも忙しかった父に代わって、私と弟を寝かせてくれたのも祖母だった。夜になると布団を三つ敷き、三人で並んで寝た。祖母が真ん中で、私と弟はそれぞれ祖母の右側と左側で寝た。布団に入るとすぐに眠ってしまう弟と違って、なかなか寝つけない私のために、祖母はいろいろな昔話を聞かせてくれた。祖母はレパートリーが切れたら、知っている話を混ぜ合わせて新たな物語を作り上げるのがうまかった。祖母が語って聞かせてくれた数多くの話のなかでいまでも覚えているのは、トラに食べられる赤ずきんちゃんの話だ。祖母の話のなかで、お母さんにお使いを頼まれた赤ずきんちゃんは、餅がたくさん入ったかごをさげていくつもの峠を越えて隣村に行くのだが、峠を越えるたびにトラに会った。「おじょうちゃん、おじょうちゃん、かごのなかの餅をおくれ」。赤ずきんちゃんはトラに言われるがまま、初めは餅を差し出し、次にかごを差し出し、しまいには頭巾を脱ぎ、靴まで脱いでやるのだが、とうとうトラに呑み込まれてしまう。

「おばあちゃん、このお話、怖すぎるよ」

　初めてこの話を聞いたとき、私は祖母の胸に飛び込んでそう言ったはずだ。すべてを差し出したのに食べられてしまう少女の話だなんて。恐ろしすぎた。すると祖母は笑いながら私の前髪を手の甲でかきあげると、弟が目を覚まさないように小声で言った。

「これは怖い話じゃないのよ。トラのお腹のなかでも生き残った、とても勇敢な女の子の話なんだから」
祖母の話のなかでトラにまるごと呑み込まれた少女は、こぶしのなかにこっそり隠し持っていた小さな黒曜石の欠片で、トラの腹を切り裂いて外に出てくる。

祖母がわが家を出ていける最後のチャンスは、おそらく父のフランス滞在が決まったときだった。父が私たちを呼んで、駐在員としてパリに派遣されることになったという話をした夜、祖母はひと言目に、自分は韓国に残りたいと言った。「ここにいれば毎週、礼拝に行けるし、週に二回、区民大学の授業も聞きに行けるし、ひと月に一回、女子高の同窓会にも行けるしね」。でも結局、祖母は私たちと一緒にフランスに向かう飛行機に乗った。「孫たちにはわたしがついていないといけませんからね」。祖母はフランスに行くことになったと周りの人に伝えるたびに、祖母のなかには見知らぬ国で生活することに対する不安や恐れがあったはずなのに、そう言うのだった。「孝行息子のおかげで、外国で暮らすことになったんですよ」。祖母は自分の弱点や不幸を他人に見せる人ではなかったし、他人に同情されるくらいなら死んだ方がましだと公然と言ってのけた。祖父との仲もさほどよくなかったのに、夫婦同伴の集まりに行けば祖父に丁寧な言葉を使い、ほほ笑んでいた祖母。

かといって、フランス行きが祖母にとっていやなことばかりではなかったはずだ。祖母はそれまで一度も西欧の国に行ったことがなかった。しかもフランスはずっと憧れていた芸術家の国だったのだから。祖母はいつでもエッフェル塔やモンマルトルの丘に感嘆する準備ができていた。パリに着いてからの二週間、私も弟もまだ転校手続きをする前、父もまた駐在員としての仕事を本格的に始めていなかった頃、父に連れられてみんなで訪れたショパンの墓に花を捧げながらうっとりしたり、ミラボー橋の前で写真を撮ってほしいと言ったのは、フランスに対して憧憬の念を抱くには幼すぎた私や弟ではなく、祖母だった。

　正直言うと、当時の私にとってフランスは、平和な日常を奪った国にすぎなかった。私はパリのすべてに失望する準備ができていた。漢江《ハンガン》に比べたら見る影もないセーヌ川や、棺桶のように狭苦しいエレベーター、悪臭が漂う地下鉄の乗り換え通路は、私の気持ちを変えるのに何の役にも立たなかった。だからフランスに来て初めの数カ月は、家族で撮った写真――ほとんど父が撮ったもので、私と弟、そして祖母がエッフェル塔やベルサイユ宮殿の前に立っている――のなかの私の顔は、大きなつばのある帽子をかぶってうれしそうに笑っている祖母や、ただ無邪気で明るい弟の顔とは違って、どれもふくれっ面だ。その頃の私は、誰かが外国で暮らせるのは特権だと言うものなら、それが誰であれ、こぶしで鼻をへし折ってやりたい気持ちでいっぱいだったし、私の生活を根こそぎ変えてしまった父への不満を隠せないでいた。ひと言も聞き取れない授業に屈辱を覚え、自分の言いたいことが言えなくて周りからからかわれるたびに、早くこの時間が過ぎてしまえばいいのにと思いながら侮蔑に耐え忍んだ。人種差別はいけないことだとまだ十分に学習していない子どもたちの無垢ないたずらといったら、残酷きわまりなかった。その頃、私は学校がひけるといつも逃げるようにして帰った。じゃがいもをふかし、大学芋を作って待っている祖母のいる家は、私にとってはいちばん安全な場所だった。それは祖母もおなじだったと思う。祖母がひとりで地下鉄に乗って行けるところは東アジアの食材を売っている日本食品店しかなかったし、ほとんどの時間を家で掃除したり洗濯したりしながら私と弟の帰りを待つだけだった。私と弟は学校から帰ってくると、祖母が用意してくれたおやつを食べ、祖母と一緒にソファに座ってテレビを観た。少しも聞き取れないフランス語に吹き替えられた日本のアニメーションとか、韓国でも放映されてあらすじぐらいは知っているアメリカ映画などを観るときもあったけれど――フランスのテレビには裸の女の人がよくＣＭに出てきたので、そのたびに私たちは驚愕してチャンネルを変えた――私たちが好んで観たのは、日曜日ごとに日本食品店に行っていくつも借りてくる、ビデオテープに録画された韓国のドラマだった。仕事から帰ってきた父が「おまえたち、宿題はやったのか」と訊くまで、セリフを覚えてしまうほど何度もくり返して観たミニシリーズや週末の連続ドラマ。その頃、私たち三人のあいだには何かが存在した。言ってみれば、世の中から孤立した島で生き残った者たちにある、甘くてあたたかい連帯感のようなもの。でも時間は過ぎてゆき、一年ほど経った頃には、私と弟は慣れない環境を拒む段階を越え、なんとしても新しい生活になじもうとする次のステップに入っていた。

　祖母はだんだん増えていくひとりの時間をどう埋めたのだろう。初めの頃は家のことをしても時間が余ると、ひとり緑茶を淹れたり、テーブルに座って韓国から持ってきた聖書を読んだりしていた。そのうち家のなかに閉じこもっているのが退屈になり、アパートの近くを散歩しはじめた。地下鉄にひとりで乗るのは迷子になりそうで怖かったけれど、近所を歩くぐらいはできそうだった。祖母は父が買ってきた藍色のポケットサイズの地図帳を小さなハンドバッグに入れて、毎日少しずつ距離を延ばしていった。そうやって歩いているときに気に入った公園を見つけたら、次に来るときのために地図に小さい丸をつけた。いつのまにかフランス語が操れるようになっていた私と弟とは違って、祖母のフランス語は一向に上達しなかった。時折、祖母は私たちの本棚にある基礎フランス語の教材を取り出してめくってみるのだが、覚えられるのはせいぜい簡単な挨拶と、「韓国から来ました」「フランス語はできません」といったものだった。女学校時代、祖母は日本語と英語をわりとすぐに習得したので、フランス語の実力がなかなか伸びないことに虚しさを感じていた。

　フランス語ができないので、祖母が家の外で言葉をかわせる人はほとんどいなかった。姉妹のように仲のよかった私と弟は、どちらのせいなのかわからないが、テレビのチャンネル争いのようなつまらないことが原因でしょっちゅう大声を出して喧嘩をするようになった。だから家のなかではつねに泣いたり大声を出していた私と弟が、祖母ときちんと会話をするなんてことはありえなかったし、父はフランスに来ても会食だの出張だのと忙しかった。その頃、韓国ではパソコン通信が流行っていたけれど、フランスではまだインターネットそのものが知られていなかった。祖母はたまに韓国にいる親戚や友達に電話をかけても、国際電話の料金が高くなるのを恐れ、用件も言い終わらないうちに急いで切った。あるとき父は、退屈な日々を送っている祖母のために、駐在員の妻たちの集まりについて訊いてきた。その集まりというのは互いを順番に自宅に招くもので、メンバーはみんな若い奥さんたちばかりだった。彼女たちは親切というよりは度を過ぎて礼儀正しく、祖母は自分が彼女たちにとってただのつき合いにくい年寄りにすぎないということを知った。

　時間が経つにつれ、祖母のなかの孤独は雪のように音もなく積もっていった。初めはすぐに解けそうな薄い膜のように。やがて腰が隠れるほど分厚くしっかりと降り積もった。その頃、私はようやくできた友達にユーモアセンスのない典型的なアジア女子だと思われたくなくて必死になっていたので、初潮を迎えた私のために生理用ナプキンを買いにスーパーに行った祖母が、タンポンだけがずらりと並んでいる陳列棚の前で、それが何だかわからずにただ呆然としていたことや、長い長い一日にうんざりした祖母が、誰かと話がしたくて日本食品店に行くのだが、そこの日本人の店長と流暢にコミュニケーションをとるたびに誇らしく思うと同時に羞恥心を覚えたことなど、知るよしもなかった。

　祖母がブリィニエさんと知り合ったのは、そんな日々が積もり、フランスに来て二年ほど経った頃だった。ブリィニエさんは私たちのアパートの一階に住んでいたが、ほとんど顔を合わせることはなかった。奥さんと死別してから、パリのアパートを空けたまま、ボルドー地方にある別荘で暮らしていたからだと私に教えてくれたのは、たしかアパートの管理人だった。ポルトガルから移住してきたという管理人は、アパートの住民のなかで自分たちの家族を除く唯一の異邦人だった私たちにとても親切だったし、私が少しフランス語を話せるようになってからは、韓国にいる友達から届いた小包を受け取りに行くたびに、アパートの住民のことをいろいろ話してくれた。玄関のベルを鳴らすと、管理人ことセリナ夫人がゆっくりとドアを開けてくれる。無表情なときはこわそうに見えるが、口を開けるとたんに優しいまなざしになった。いつだったか火花が出てわが家が停電になったとき、つたない言葉で焦って説明したためにしどろもどろになっていた私に、最後まで聞いてから「それは〝漏電〟というのよ」とフランス語の単語を教えてくれた彼女の声を、こんなに月日が過ぎたいまでも覚えている。

この辺で、当時私たちが住んでいたアパートの構造について説明しようと思う。アパートは四角形の小さな庭を、四つの建物が囲む形になっていた。私たち家族が住んでいた建物は大通りから一番奥にあったので、外出をするときは必ずその庭を通って、向かいの建物の玄関ドアを開けなければならなかった。管理人宅はそのドア、つまりすべての住民が通過する玄関ドアのある建物の一階にあった。そしてブリィニエさんは、そこと私たちのいた建物をつなぐ建物の一階に住んでいた。

私がアパートの配置について説明する理由は、祖母がその年の春の初め、ブリィニエさん宅の前を通ったのは必然だったということが言いたいからだ。一日じゅう家に閉じこもって息がつまりそうになっていた祖母は、散歩にでかけることにした。庭を歩いているとき、ふと足を止めた。ピアノの音が聞こえてきたのだ。すばらしい演奏で、とても近いところから聞こえた。ピアノの旋律が流れているのはブリィニエさんの部屋だった。開け放した窓ごしに、白髪の男の人が背中を丸めてピアノを弾いているのが見えた。〈愛の夢〉変イ長調64番。リストだわ。曲名を思い出すなり、その曲を初めて弾いた日の記憶が祖母の頭のなかに浮かんだ。高等学校の音楽室にあった黒いヤマハピアノ。その瞬間、鍵盤に指をのせたときの感触が祖母の体のなかでよみがえった。感電したような、思いもよらぬ出来事だった。だから祖母はそのまま演奏が終わるまで窓の外に、ゼラニウムの鉢植えが三つ窓枠に置かれている、ブリィニエさん宅の応接間の前に立っていた。祖母に気づいたブリィニエさんが窓の方に歩いてきて「Bonjour」と挨拶をしにくるまで。

その日の晩、祖母は私の部屋をノックした。

「なに？」

いつしか部屋に鍵をかけてひとりでいる時間が大切になっていた私が、ドアの隙間から顔だけ出して訊いた。

「ラジオ、使ってないなら貸してくれる？」

机の引き出しに入っているウォークマンを取りに行くあいだ、ドアがもう少し開いた。

「なんだい、そのマニキュアは」

机の上にあるカラフルなマニキュア――パール入りのピンクとか水色の――とアセトンを見ながら、祖母が不機嫌そうに言った。

「ここじゃ、みんなやってるもん」

私は祖母にウォークマンを渡しながらふてくされたようにそう答え、ドアを閉めた。「ここじゃ、みんなやってるもん」は祖母を黙らせる魔法の言葉で、私はいつの頃からか何かにつけそう言っていた。

祖母は自分の部屋に戻り、ベッドに腰かけてウォークマンのラジオをつけた。そして粘り強く周波数を合わせながら、ようやくクラシック音楽専門のチャンネルを探し出した。音楽と音楽のあいだに流れるＤＪのコメントはまったく聞き取れなかったけれど、音楽を聴く分には何の支障もなかった。家族を起こさないように音量を最小にして、ラジオに耳をあてて眠ろうとしていると、忘れていた記憶が満ち潮のごとく祖母のベッドに押し寄せた。放課後に残ってピアノの練習をしていた音楽室の古い床がきしむ音、まきをくべた暖炉の上にのせた銅《あかがね》色のやかん、お湯が沸くと聞こえてくるやかんの蓋がカタカタ鳴る音、静まり返っていた音楽室の窓の外、常緑樹に降り注いでいた夕日の黄金色。

　翌日、祖母は散歩から帰ってくる途中、ずっと向こうの方にバケットを買って帰宅するところらしいブリィニエさんを見かけ、数日後には新聞の販売台の前に立っている彼の後ろ姿を見た。退屈な年寄りの動線なんて似たり寄ったりね、祖母は心のなかで思った。以前にもブリィニエさんを見かけたかもしれないが、それまでの祖母にはブリィニエさんの存在を気に留める理由がなかった。ところが急に彼が目に留まりはじめたのだ。祖母はブリィニエさんを見かけるたびにピアノの前に座っていた彼の姿を思い出し、中庭を通り過ぎるときは、ピアノの旋律が聞こえてこないだろうかと期待しながらブリィニエさん宅の窓辺で足を止めた。うららかな日和が続くにつれ、ブリィニエさんは窓を開けてピアノを弾く日が多くなった。ブリィニエさんは祖母が自分の演奏を聴いていたのを知っていたのだろうか。たぶん知っていた。ときどき祖母が中庭に立っていると、ピアノを弾くのをやめて窓辺に近づき、いきなり話しかけてびっくりさせたから。「わたしはフランス語がわかりません」。そんなとき祖母は、自分の知っているごくわずかなフランス語でそう言ってから、恥ずかしそうに逃げ、もう二度と窓辺には行ってはいけないと自分に言い聞かせるのだった。でもピアノの音が聞こえてくると、祖母はまた窓の外で立ち止まり、ピアノを弾きたくてたまらなくなった。

　辺り一面に花が咲き乱れ、祖母とブリィニエさんは互いの存在を意識しはじめた。道で偶然会ってアパートまで一緒に帰ってくる日は、ブリィニエさんは祖母の歩幅に合わせてゆっくりと歩き、玄関のドアを開けて祖母を待った。初めの頃、先に声をかけるのはいつもブリィニエさんだったが、しばらくして祖母は、いつも先に挨拶をしてもらうのは失礼じゃないかと思いはじめ、郵便受けの前で彼とばったり会った日は、勇気を出して声をかけた。あるとき買い物から帰ってきたときなど、アパートの玄関で会ったブリィニエさんが祖母のショッピングカートをエレベーターの前まで代わりに引っ張ってくれた。私と祖母が外出から帰ってきたときや、これから外出しようとするときに、玄関でブリィニエさんに出くわすこともあった。そんなときは、私がフランス語を話せることを知ったブリィニエさんが、私たち家族についていろいろ尋ねたり、自分のことについてあれこれ話すのだった。いま思うと、それらは祖母に伝えてほしいと思って話したことだった。でも当時の私にはわかるはずもなく、ブリィニエさんと別れたあと必ず祖母が私に「なんて言ってたの？」と訊く理由について、考えてもみなかった。だから私は彼の言ったことをできるだけ短くまとめたり――「ベトナム人かって訊いてる」――いろいろな話を省略して――「知らない。どうでもいい話」――自分の世界に戻っていった。

十日間ずっと雨だった。フランスに来て三年経つが、春がこれほど気まぐれで陰気な季節だということに、祖母は相変わらず慣れなかった。産後のケアが悪かったため雨が降ると手首と膝が無性に痛むのだと、十日間ずっと外出を控えていた。やがて太陽が顔を出し、祖母は公園のベンチに座って木々を見上げながら、まぶしい夏が早く来ればいいのにと思った。夏になったら公園の噴水で、裸になった子どもたちが水しぶきを浴びながら大きな声で笑う。なんて美しい光景だろう。柔らかくて香しい子どもの体。祖母は握っていた手をそっと開いた。そして親指と人さし指で手の甲をつねってみた。弾力がないせいで、つねったところはとてもゆっくりともとの形に戻った。

祖母がブリィニエさんを見かけたのは、ベンチに座り、ウォークマンで音楽を聴きながらかぎ針編みをしているときだった。ベージュ色のコールテンズボンに煉瓦色のシャツを着たブリィニエさんが、公園のなかに入ってきた。「何歳ぐらいなのかしら」。祖母には白人の年齢など見当もつかなかった。それは相手もおなじだろうけれど。ブリィニエさんはすらりと背が高かったが、歳相応に背中が少し曲がっており、歩くときもなんとなく傾いていた。

「え？　まさかこっちに来るの？」

目が合うなりブリィニエさんが笑みを浮かべて歩いてくるので、祖母は緊張した。ちょっと会釈するだけかと思っていたのに、彼がジェスチャーで隣に座ってもいいかと訊いたときは胸が高鳴り、意識が遠のきそうになった。ブリィニエさんがまた何か言った。祖母は聞き取れなかったので、しかたなく「私はフランス語が話せません」と言った。「ベートーヴェン」ブリィニエさんは祖母のウォークマンを指さして、もう一度ゆっくりと発音した。ラジオからはベートーヴェンのピアノソナタ第23番へ短調が流れていた。

「ああ、ベートーヴェン」

祖母がそうだというふうに頷いた。

そのことがあってから、ふたりは公園で偶然会うと、並んでベンチに座るようになった。言葉が通じなかったのでただ座っているだけだった。ブリィニエさんと並んで音楽を聴くときはいつも胸がドキドキするのだが、祖母はそれが見知らぬ男性と一緒にいるからなのか、ピアノが弾きたいからなのか、判断がつかなかった。「明日会ったら、ピアノを弾かせてほしいって言わなきゃ」毎晩寝る前に、祖母はラジオでクラシック音楽を聴きながら思った。そのためには私か弟、あるいは父に、それをフランス語でどう言うのか訊かなければならない。ところがどうしたわけか祖母は、誰かにブリィニエさんとピアノのことを話したくなかった。「いったいどうしちゃったのよ」祖母はウォークマンに耳を当てて考えた。「まったく、おかしなこともあるもんだわ」

「Can I play your piano?」

祖母が勇気を出して、隣に座っているブリィニエさんに尋ねたのは、それから二週間ほど過ぎた頃だった。芝生の片隅では幼い子どもの誕生日パーティーでもしているのか、木に結びつけられたカラフルなパステルトーンの風船が風に揺れていた。風が吹くたびに、一番お気に入りの小花柄スカートの裾が、祖母のふくらはぎをかすめた。英語がまったくわからないブリィニエさんは、ただじっと祖母を見つめた。そんなことだろうと思った祖母は少し得意げに、ハンドバッグに入れていた分厚い韓仏・仏韓辞典を取り出した。そして好奇心に満ちたまなざしで自分を見ているブリィニエさんの前で、順番に単語を調べた。「わたし je」「望む vouloir」「演奏する jouer」「あなた vous」「ピアノ piano」それらの単語を一つ一つ辛抱強くのぞき込んでいたブリィニエさんは、ようやく祖母の言いたいことがわかった。そして虫眼鏡のなかの青い目を輝かせながら、ほほ笑んで言った。「ああ、ピアノ！」

その日の午後、祖母は初めてブリィニエさん宅に入った。ひとり住まいの男性の家、しかも外国の男性の家を訪問するのは生まれて初めてだったので、祖母はブリィニエさんが鍵穴に鍵を差し込んでまわしているあいだ、もしかしたら自分はとても馬鹿なことをしているのではないかと後悔した。玄関で靴を脱ごうとした祖母は、ブリィニエさんが靴をはいたまま絨毯を踏むのを見てびっくりした。外出するときに雨戸を全部閉めていたせいで室内は暗かったが、雨戸を開け、カーテンを開けるにつれ、暗闇のなかでうずくまっていた物の輪郭が順番に姿を現した。ルイ15世風の古家具、鳥と花が描かれた壁紙。布をかぶせた安楽椅子と柱時計。大理石の暖炉の上には大きな陶磁器の花瓶がいくつか置かれていた。もし妻が生きていたら花をたくさん生けただろうに、花瓶は空っぽだった。

「Puis-je vous offrir une tasse de thé?」

ブリィニエさんが応接間にぼんやり突っ立っている祖母のコートを受け取り、ハンガーに掛けながら訊いたが、祖母は聞き取れなかった。祖母がハンドバッグからまた辞書を取り出して渡すと、ブリィニエさんが「thé お茶」という単語を探して見せたので、祖母はブリィニエさんが「お茶でもどうか」と訊いたのだとわかった。「いいえ」祖母が首を振った。ブリィニエさんのグランドピアノは――一九三〇年に作られたプレイエル（Pleyel）社のものだった――応接間の窓側に、優雅で、誇り高く佇んでいた。

祖母はピアノの椅子に座る。椅子の高さは祖母に合わせたかのようにぴったりで、ペダルまでの距離も完璧だ。硬い椅子の感触をお尻で感じながら、祖母はピアノの蓋を開け、白い鍵盤を一つずつ、親指と人さし指でぐっと押す。ド、レ。冷たく滑らかな鍵盤。指でピアノの鍵盤を押しただけなのに、子どものとき、教会で初めてクリスマスツリーを見て驚いたときのように恍惚とした感じが、祖母の体の奥深くから湧き起こる。私が十歳の頃まで、簡単な曲ばかりだったけれどよくお手本として弾いてくれていたので、祖母が最後にピアノを弾いてからまだ五年ほどしか経っていなかった。なのに祖母はその日ピアノを弾きながら、本当に久しぶりに、長い長い歳月を経て鍵盤に触れているような気持ちになった。祖母は記憶をさかのぼりながら、好きだったシューマンの〈クライスレリアーナ〉Op.16-2を弾きはじめる。久しぶりに弾くので、最初は指が思うように動かなかったが、驚いたことに体はしだいに長年の習慣を思い出し、指はゆっくりと鍵盤の上を滑っていく。祖母がピアノを弾いているあいだ、ブリィニエさんはあっけにとられたような顔でそばに立っていたはずだ。ひょっとしたら彼は、ピアノを弾くアジアの女性をそれまで一度も見たことがなかったかもしれない。時間が経つにつれ、初めは驚きと当惑が混じっていたブリィニエさんのまなざしに、穏やかさとときめきが宿ったはずだ。祖母の方は彼の存在をしばらく忘れていた。やや興奮した祖母が思い浮かべたのは、女学校時代に片思いをしていた既婚の音楽教師だった。「ナンシル。きみには優れた才能があるから、たくさん音楽を聴きなさい」。電気蓄音機もピアノも貴重だった当時、女子高生ナンシルに放課後ピアノを教えてくれた音楽の先生。彼はある日、いつでも好きなときに聴きたい音楽が聴けるように、電気蓄音機のある音楽室の鍵を内緒でナンシルに渡した。恋なんて夢にも見なかった時代に。学校の帰りにモチパンを買いに入ったパン屋で近くの男子校の生徒を見かけただけでも、慌てて目を伏せ、頬を赤らめた。だがナンシルは違った。彼女は何を望んでいたのだろう。何か特別なもの、自分を高揚させてくれるもの、異なる世界に連れていってくれる、何か。楽譜のなかに忍ばせて音楽の先生とこっそりやりとりしていた手紙。夜ごと彼女を眠らせなかったのは、尹心悳《ユンシムドク》と金祐鎮《キムウジン》「二人は一九二六年に玄界灘に身を投げた。声楽家の尹と妻子のいる金との心中は当時、大きなスキャンダルとなった」や、シューマンとクララの恋物語だった。彼女は、この先くり広げられる人生は驚くべき出来事で満ちあふれていると信じて疑わなかったし、自分には人生を一つの特別な物語に仕立てる義務があると考えていた。

祖母はその後、定期的にブリィニエさん宅を訪れてピアノを弾く。果物とかジュースをお礼に持って。フランスでは他人の家を訪問するとき何かを持っていく習慣がないことを知らない祖母は、器に盛ったリンゴやメロン、瓶入りのオレンジジュースを見てブリィニエさんがなぜ戸惑ったように笑いだすのか理解できない。祖母は初めはピアノだけ弾いて帰ってきたが、時間が経つにつれ応接間に座ってお茶を飲むようになる。初めの頃はブリィニエさんがお茶に砂糖やミルク、またはレモンのスライスを入れるかと訊く理由がわからなくて、彼にはおかしな趣向があるものだと思っていたが――お茶にミルクだなんて！――やがて祖母はお茶にミルクを一滴、角砂糖を二つ入れるブリィニエさんをごく自然に受け入れる。言葉は通じないけれど、ふたりはお茶を飲みながら、辞書を片手にたどたどしく話をする。冠詞や動詞、副詞などは省略し、動詞と名詞、ときには形容詞をいくつかつなげるだけの会話。辞書を見ながらの会話なので、動詞は時制のない原形でしか言い表せなかった。ある日、祖母は辞書で動詞を調べているとき、ふと自分の使いたい動詞はほとんどが過去形で、未来形を使って表現したいものはあまりないことに気づく。祖母はそんなふうにゆっくりと、ブリィニエさんの妻――彼女の名前はエリアーナ――が四年前にがんで亡くなったこと、代々受け継いできた財産が多いのでちゃんとした仕事に就いたことがないこと、フランスの植民地だったベトナムで暮らしたことがあり、名前はジャン・ポールだということを知る。ブリィニエさんが祖母の名前はパク・ナンシルで、韓国人で、孤独な人生を送ったことを知るように。

　ふたりは家のなかで話をしたり、天気がいいときは一緒に散歩に出かけたりすることもあるが、たいていは応接間でバッハやモーツァルトの音楽を聴く。ブリィニエさんがCDをかけ、お茶を淹れてくると、ふたりは応接間のソファに一定の距離を置いて座り、約束でもしたかのように曲が終わるまでそれぞれやるべきことをしながら音楽を聴くのだ。そうしているうちに昔のことがあれこれ思い出され、祖母は音楽に身をゆだねて遠い旅に出る。かすかな砲撃の音を聞きながら避難したときのこと、野原に立って眺めた彼方の炎と空を覆った黒い煙、風呂敷を抱えて亡霊のように歩いていた人々の行列など、永遠に忘れられないと思っていた場面が思い出されたり、忘れていたはずの過去の些細な記憶がいきなり目の前に広がったりした。結婚式の日、肌に触れた白いチョゴリの感触と、レースのベールについた泡のような白い柄——祖母は親の意思に最後まで逆らえなかった代価として、自分が何を得て何を失うことになるのか、当時はよくわかっていなかった——どこの食堂でも雑穀を二割ほどの比率で混ぜてご飯を炊いていた頃、眺めた激しく降り注ぐ雨のようなもの。日々くり返される日常に息がつまって死んでしまいそうになったある日、まだ幼かった子どもたちを近所の人にあずけて街に出かけ、中部《チュンブ》劇場で観た映画は〈ポンペイ最後の日〉だったか、〈雨の夜の慕情〉だったか。何という映画だったか記憶はあやふやだが、その日の感覚だけは不思議なほど鮮明に覚えている。映画館を出てひとり歩いているときににわか雨が降ってきて、雨やどりをした軒の下でかいだどこかの店で焼く魚の匂い。頬に触れた湿気と、ざあーっと落ちてくる雨の音。生きているという実感とともに抱いた、すっかり歳を取ってしまったという感じ。ああ、こんなにも月日が流れたというのに、記憶はなぜこれほどまでに鮮やかなのだろう。

そういえば祖母はその頃、目に見えて美しかった。フランスに来てからしていなかった化粧もするようになり、私の部屋にある香水を――父にせがんで誕生日に買ってもらったカルバンクラインだった――ときどき隠れてつけるところを私に見つかったが、理由はそれだけではなかった。

「おばあちゃん、最近どうかしたの？」

めずらしく弟とテーブルでおとなしく宿題をしているときに、私が祖母にそう尋ねたのは、そんな日のうちの一日だっただろう。なのに祖母は「どうかしたって何が？」と言うだけだったし、私もまた宿題をするために広げた辞書の方に視線を戻した。


ある冬の午後だった。祖母はブリィニエさん宅の応接間に座っていた。ＣＤプレイヤーからはブラームスが流れ、午後の陽ざしが編み物をしている祖母の手の上で揺れていた。祖母はふと顔を上げ、隣に座っているはずのブリィニエさんを見た。静かなのでてっきり眠っているとばかり思っていたのに、なんと彼は腕まくりまでして、テーブルの上に角砂糖を高く塔のように積み上げていた。まるで重大なことを行っているかのように深刻な面持ちで、夢中になって。いったい何をしているのだろう。何か食べるとズボンにボロボロこぼすし、時折わけのわからないことをしでかす不可解な男。角砂糖を積み上げるブリィニエさんの腕は、祖母とおなじように染みだらけだったが、韓国人の男とは違って銀色の毛で覆われていた。そんな彼の腕を見ながら、祖母は、私はこの人を理解することは永遠にできないだろうと、彼の方もまた私をわかってくれることなんてないだろうと思い知らされ、すると驚いたことに胸の奥の方で痛みを覚えた。

　ずっと昔、自分ではずいぶん歳を取ったと思っていたけれど本当はまだ若かった頃、祖母は、老いるというのは身と心がおなじ速さで退化することだと思っていた。年齢とともに体が硬くなっていくにつれ、欲望や渇望も退化するものだと。しかし祖母はようやく知った。退化するのは肉体だけだということを。神が人間に老いというものを与えたのは、人間が生きているあいだに犯した罪を罰するためではないだろうか。こんなに胸が震えているのに、体がついていけないなんて。これほど恐ろしい刑罰があるだろうか。身動きのとれない肉体という監獄に閉じ込められているのだ。歳を重ねるにつれ祖母が一番恐れたのは、認知症とか、いつかはつけるかもしれない尿器などではなかった。夢のなかにまで追いかけてくる恐怖とは、いつだったか夫が入院していたときに見かけた脳卒中の患者みたいに、体は麻痺していても意識がしっかりしているために、ただ泣きわめきながら余生を送らなければならないことだった。

　ところがこんな冬の午後に、口のなかで角砂糖を飴玉のように転がしながら、何の役にも立たない角砂糖の塔を積み上げて喜んでいる老いた男の頭頂部にやわらかな陽ざしが揺れているのを見ていると、祖母は、生きることへの渇望や、未来への期待がふくらんでくるのをどうすることもできなかった。

　人生に何かを期待するなんて。愚かなことだ。これまでさんざん裏切られてきたくせに。若さを捧げて子どもたちを育てたというのに、娘たちは息子ばかり可愛がる母さんのせいで傷ついたと、忘れそうになると口をそろえて言うし、息子たちは姉たちよりできが悪いという理由で自分たちを無視した母さんの前でいつも気後れしたと、酒を飲むと声を荒らげた。「どうせ母さんは、わが家の男たちのすることなんかみんな気に入らないんだろ？」。そのうち孫たちも借金取りみたいに堂々と非難してくるかもしれない。そんなことを考えると、いまブリィニエさんがごく自然にここにいて、彼とのあいだに共感とか理解、人生の隅っこに追いやられた者同士の弱いつながりや友情のようなものが存在するように思えるのだけれど、ブリィニエさんにとってはこの時間が何の意味もなさないかもしれない。もしかしたら、彼には言葉の通じる友達が他にいるかもしれないし、それどころか恋人がいるかもしれないのだから。

「ナンシル！」

　ＣＤの再生が終わったことも知らずにそんなことを考えながらうとうとしていたとき、突然ブリィニエさんが祖母の名前を呼んだ。祖母が目を開けて見たのは、テーブルの上にあるものすごく高い角砂糖の塔だった。一つ一つ積み上げられた高い角砂糖の塔。

「わあ！」祖母は思わず嘆声をもらした。こんな素晴らしいものは生まれて初めて見たかのように。

　祖母の反応にすっかり気をよくしたブリィニエさんは、いつのまにキッチンから持ってきたのか、砂糖箱のなかに残っていた角砂糖をテーブルの上にそうっとばらまいた。テーブルの上にまかれた正六面体の茶色の砂糖たち。祖母はしばらくそれを眺めていたが、すぐ前にあった一つを口に入れた。

　ああ、甘い！

　なんて無邪気な甘さなんだろう。角砂糖の甘さが口のなかでしだいに広がり、祖母の頭のなかには幼い頃の記憶が浮かんだ。ある春の初め、何か理由で叱られて洋装店前の舗装されていない道にしゃがんで泣いていたとき、祖母は優雅な紫色のクローシェ帽をかぶった女性客を見かけた。人力車から降りたその女の人は祖母の手に黒糖キャンディーを握らせた。生まれて初めて味わう、うっとりするような甘さ。その記憶についても、ブリィニエさんには永遠に語ることはないだろうと思った。誰かと一緒にいても見知らぬ島にひとり漂着したかのようだった自分の人生や、一日が長すぎるときはいつも、いっそのこと早く殺してくださいと神に祈るのだが、いざ死んだあとのことを考えると決まって襲ってくる恐怖について話せないのとおなじように。でもそれがどうしたというのだ。不思議なことに、もうどうでもよくなった。予想もしなかったことがもたらす楽しさ。計画が狂ったからこそ訪れる特別な喜び。何もかも失ったと思っているときに、真夏の流れ星のように落ちてくる幸せの欠片。祖母は立ち上がって、ブリィニエさんと一緒に塔の上に角砂糖をもう一つのせた。もう一つ。またもう一つ。塔が崩れ落ちるまで。角砂糖が四方に散らばり、祖母とブリィニエさんが手をたたいて歓声を上げるまで。

　ブリィニエさんとのこのような関係は一年ほど続いた。父の会社が急に経営難にみまわれて、私たち家族が思いもよらない帰国を迫られるまで。
「恋だね」私がもし祖母にそう言ったら、祖母はぶんぶん手を振りながら「なにバカなこと言ってるの」と言うだろう。でも祖母は一度も私にブリィニエさんとのことを話したことはなかった。一方的に帰国を通告され、やっと慣れてきたのにまた友達と別れるなんてひどすぎると父を責めていた私が横道にそれないように慰めてくれたり、韓国の中学校になかなか馴染めず、ご立派な親のおかげでちょっと外国で暮らしたからって偉そうにするな、といじめられうつ病になっていた弟の世話を焼いたりしていた頃だけでなく、私と弟がそれぞれ大人になり、恋をし、失恋をし、すべての時間が過ぎるあいだも。だからこれらの話は、私が祖母の日記を見て想像したものにすぎない。

私の想像のなかで、祖母とブリィニエさんの別れのシーンはこうだ。色とりどりのグラディオラスが咲き乱れた春の日の公園で、ふたりは初めて手を握った。無言で。辺りはみずみずしい草の匂いに満ちており、別れる間際になって初めて握った男のしわだらけの手はあたたかい。祖母は思う。私はなんて傲慢だったんだろうと。年寄りはみんな手足が麻痺した脳卒中の患者みたいだなんて。こうして生きて、自分の体はこうして生きて、すべてのものを生き生きと感じているというのに。私が読んだ祖母の日記によると、その日、ブリィニエさんは辞書を調べながら、祖母に別れの言葉を告げた。祖母はブリィニエさんが告げた言葉について、代名詞二つと動詞一つとしか記していないため、そこにどんな言葉が隠されているのか、私にはわからない。それはもしかしたら「わたしはあなたを待っています Je vous attendrai」かもしれないし、「寂しくなります Vous me manquerez」かもしれないし、私の想像どおり「愛しています Je vous aime」かもしれないけれど、本当のところは永遠にわからない。

私が知っているのはこれがすべてだ。つまり、祖母がゆうべ私の夢に現れたことについて。夢のなかでは亡くなる前の苦しんでいた祖母ではなく、美しい服に身を包んだ七十代の健康そうな姿で、ほんのり明るい光に包まれて立っていた。その世界ではまだ幼い私が久しぶりに祖母に会えたのがうれしくて、走っていって胸に飛び込む。でも、これは何の香りだろう。祖母の胸に飛び込んだとたん、どこからか甘い香りが漂ってきた。祖母の帽子のなかにも、スカートのなかにも、どこにも香りの震源地を見つけられず、私はだんだん焦ってくる。「おばあちゃん、おばあちゃん、あたしを見て」慌てて呼ぶ私の声に祖母が振り向く。私は祖母がこぶしをぎゅっと握っているのに気づく。「おばあちゃん、手を開いて」私は祖母に駄々をこねる。何度も、何度も。私が泣くと祖母は何でも願いを聞いてくれたから。でも夢のなかの祖母は、優しいけれど断固とした声で言う。「だめよ」。それからまたこう言うのだ。少し苦しそうに見えるが、本当は少しも苦しくない顔で。こぶしをさらにぎゅっと握って。「これは私のものなの」

作家ノート

「黒糖キャンディー」は、シモーヌ・ド・ボーヴォワールの十八歳のときの習作で、未完成に終わった長編小説があるのだが、その一シーンからインスピレーションを得て書き始めた。この物語を書いているあいだ、私はピアノの演奏曲をよく聴いた。なかでも一番よく聴いたのは、シューマンの「クライスレリアーナ」Op.16だ。叶わない恋に苦しんでいたシューマンが、ホフマンの小説からインスピレーションを得て作曲し、恋人のクララに捧げたという曲だ。

　私は長いあいだ、とても長いあいだ、老年の恋について書きたいと思ってきたが、それがナンシルとジャン・ポールのラブストーリーになるとは思ってもみなかった。ナンシルとジャン・ポールとのあいだには何かが取り交わされたのだろうか。それについては私もよくわからないが、願わくば、この小説を書いているあいだ、私のそばに来て優しく声をかけてくれた〝ナンシル〟の愛らしさが、この小説を読んでくださるすべての読者に伝わることを。

サンベッド

カン・ファギル

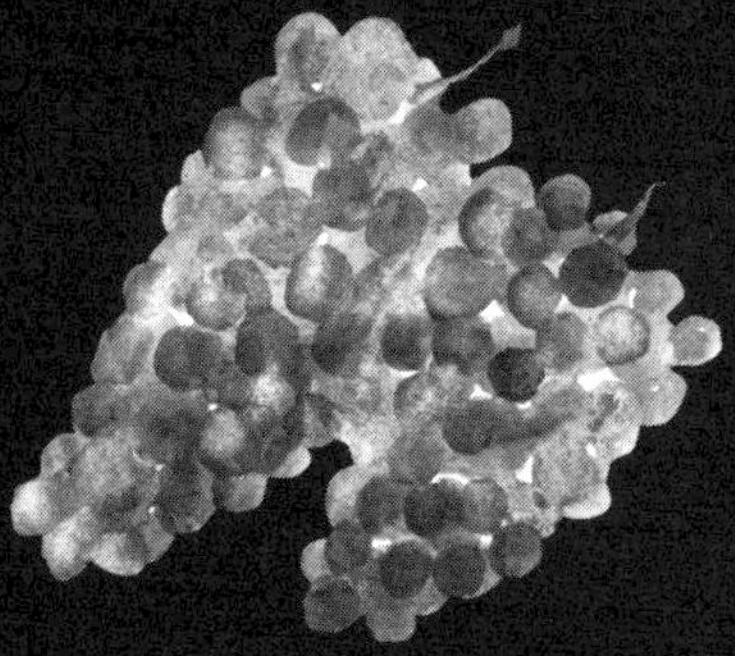

「一度会いに行かなきゃ」

祖母が療養型病院に入院した日、ミョンジュが言った。でもそのあと十カ月間、約束を守れなかった。がんが再発したからだ。

ミョンジュが三十七歳で乳がんと診断されたとき、祖母は彼女のために有機栽培のブロッコリーとパプリカを一箱ずつ買った。手術した直後には、お見舞いに行く私に玄米餅を二箱持たせた。

「こんなにたくさん、ひとりじゃ食べきれないよ」

ぶつぶつ言う私に祖母は言い聞かせるように言った。

「ミョンジュによくしてあげるんだよ。わかったね？」

手術を終えたばかりの人に玄米餅を持っていくのは、果たしてよくしてあげることなのだろうかと思ったが、私は黙っていた。ミョンジュが六人部屋にいたのは幸いだった。私は気前のよい祖母についてあれこれ大げさに冗談を言いながら、おなじ病室の人たちに餅を少しずつ分けてやった。そのとき隣のベッドにいた中年の女が訊いた（彼女は卵巣がんのⅣ期で、二年後に死んだ）。

「ミョンジュさんとは姉妹？」

　私は答えた。「いいえ」

「この近くに住んでるのね」

「いえ、地方ですけど。ＫＴＸ［ソウルと地方都市を結ぶ高速鉄道］で来ました」

「あら、じゃあ幼なじみ？」

「いえ、三十過ぎて仲良くなったんです。私、ずっといじめられっ子で友達がいなかったから」

　そのとき、ミョンジュが私の袖を引っ張った。もうやめろと言っているのだ（ミョンジュの顔にはこう書いてあった。「そこまで言う？」）。でも私は、女の決まり悪そうな表情、答えに困っている顔を見ずにはいられなかった。前にも似たような表情を見たことがあった。十一歳のときだったか。私は祖母と整形外科に行った。医者は、祖母ではなく私が患者だと知って少し驚いたようすだった。彼はつぶやくように言った。

「その歳で腰が痛いとはね……」

　そして医者は、私のレントゲン写真を見てもう一度驚いた。彼は私の背骨が一つ砕けていると言った。砕けてる？　十一歳で？　それより、骨が砕けてるのに生きていけるの？　あ、もちろん医者は生きていけると自信たっぷりに言った。正確に言うと、背骨そのものが壊れたのではなく、背骨と背骨をつなぐとても小さな骨に微妙にひびが入っているらしい（だったら初めからそう言ってよ。どうして背骨が砕けてるなんて言うわけ？　祖母が泣き出す前に言ってくれなきゃ）。ところが医者はまたこう言った。

「しばらくは痛いでしょう。あと、いつか椎間板ヘルニアになるかもしれない」

祖母が涙をぬぐいながら訊いた。

「ああ、いったいどうすれば」

「運動をしてください。腰の筋肉を強くするために」

医者は涼しい顔で答えた。そして（いったいなぜそんなことを訊くのかわからないが）こう言った。

「お母さん、お父さんがとっても心配してるだろうね」

私はすぐに答えた。

「ふたりとも死にましたけど」

いまミョンジュの隣の女の人も、そのときの医者みたいな顔をしていた。あの表情、そう、まさにあの顔！　実は……いじめられていたというのは嘘だった。幼なじみじゃなければ見舞いにも来ちゃいけないのかと思い、少し大げさに言ってみただけだ。ミョンジュはため息をつきながらも、卵巣がんⅣ期だという理由で何かと周りに当たり散らしていた女が静かになったと喜んでいるようだった（二年後、彼女が死んだとき、ミョンジュはそう思ったことを後悔した）。

私たちは三十二歳のとき、レンタルコミック店（そう。かつて、漫画を貸し出す店があったのだ）で知り合った。好みが似ている者同士、競い合うように漫画を借りているときに運命のごとく出会い、やがて互いの胸の内を見せるようになり、かけがえのないソウルメイトになった、のではなく、おなじ時間帯によく店で顔を合わせているうちにそうなっただけだ。塾の講師をしていた私は、午後三時ごろ借りていた漫画を返却したり、新たに借りたりした。カフェの店員だったミョンジュは、ちょうどその時間に出勤した。先に声をかけたのはミョンジュだった。後でわかったことだが、ミョンジュは人見知りをするタイプだ。でもその日は違った。その理由について、後日こう言った。

「わかんないけど、なんとなくあんたに親しみを感じたの」

いつもおなじ時間におなじ空間にいて、隣で黙って漫画を選び、そしておなじ頃に店を出ながらそっと目礼する。彼女は私が昔なじみのように思えたと言った。それに私が答えた。

「そっか。あたし、そういうとこあるもんね」

ミョンジュは声を出して笑い、こう言い返した。

「うん。そのときはあんたがこんなに人間味があふれてるって知らなかった」

「知ってたら、話しかけなかった？」

ミョンジュは答えなかった。ただ笑っていた。

いずれにせよ、その日、漫画をめくっていた私にミョンジュが訊いた。

「あの、その漫画、どうですか」

私は無口な方だ。でもミョンジュの言葉を借りると、自分の好きなものについてはやたらと情熱的で、相手の気持ちなどおかまいなしに延々と話す。確かにそうだ。祖母もこんな私が心配だったのか、いつもこう言っていた。

「ジンソ。みんながおまえとおなじ気持ちでいるわけじゃないんだよ。だから一線を引きなさい、一線を」

その日、私はミョンジュに〝一線を引きながら〟答えた。

「すごく面白いです。前作より完成度という点では劣るけど、感情面では深みが増しています」

「そうですか」

「はい」

そのとき私はミョンジュの強い視線を感じた。本当だ。彼女は射るように私を見つめていた。まるで私の話をもっと聞きたがっているかのように、じっと突っ立っていた。でも私は確信が持てなかった。心のなかで叫んだ。「一線を引け、一線を」。でも……私の話が面白くなかったら、ふつうは出ていくよね。ミョンジュは私をじっと見つめていたし、（あのときなんであんなに見てたの？　とあとで訊いてみたら、ミョンジュが言った。え？……別に見てないけど）話の続きを待っているようだった。

（でも、もっと聞きたかったのは確かでしょ？　だよね？　面白かったんだよね？　あ、そうじゃなくて、この子、おかしいなって。なんていうか……すごく興奮してたし）

結局、私はひとりでしゃべりはじめた。その漫画家の前作はどうだったのか、スタイルがどう変わってきたか、くり返し描かれているテーマは何か、そういうことについて。

その日、ミョンジュはその漫画の第一巻を借りていった。

＊

だが、第二巻は読まなかった。

＊

その頃を振り返ると……私たちがなぜ親しくなったのか本当に不思議だった。ミョンジュと私は、似たところなんて全然なかった。私はレスリー・チャンとかブリジット・リンといった香港の俳優たちが出てくる昔の武侠映画が好きだし（いまでも私は〈東方不敗〉を観ると涙が出る）、ミョンジュは数十人がまとめて死ぬようなホラーが好きだった（ラ・ポールソン？　最近ミョンジュは〈アメリカン・ホラー・ストーリー〉に出ていた俳優が夢にも出てきたと言った）。なのに私たちはよく一緒に映画館に行った。それぞれ違う映画を観て帰ってくるときの方が多かったけど、それでも、私たちはいつも連れだっていた。仕事に行く前、一時間ほど一緒にカフェで話をしたり、週末に会っておいしいお店めぐりをした（でも、一度も食べたいものが一致したことはなかった）。私はエスプレッソと麺類が大の好物だったし、ミョンジュは韓国料理とお茶が好きだった（だから……ミョンジュが病気になったと聞いて私は驚いた。病気になるとしたらミョンジュじゃなくて私の方なのに）。ともかく、私たちは仲が良かったし、互いの家にもよく遊びに行った。だから祖母もミョンジュのことを知っているのだ。祖母は似たところなんてまったくない私たちによく訊いたものだ。

「あんたたち、どうして仲がいいの？」

＊

ミョンジュが最初の手術を受けた日、私は六時間ずっとその理由を考えてみた。だから、私たちが仲がいい理由についてだ。時間じゃないかなと思った。ミョンジュが私とおなじ時間帯に出勤し、退勤する人だったから。私とおなじ頃に起きて、おなじ頃に寝る人。いつでも会っておしゃべりできる、おなじ町に住んでいる友達。私と一緒にいてくれる人。

情けない。

友達が死ぬかもしれないときに、そんなことを考えるなんて。

*

私たちはついに約束した。今週の金曜日、祖母に会いに行くのだ。

*

幸福《ヘンボク》療養院は旧市街地の外れの丘に位置していた。初め、私はこの療養型病院に祖母を入れることに反対した。なんというか、この丘は見るたびに少しずつ高くなっているような気がした。もちろん、そのおかしな錯覚のせいで反対したのではない。旧市街が気に入らなかったのだ（ピョンア洞《ドン》というれっきとした地名があるのに、みんな旧市街と呼んだ）。長い時間をかけて人々がゆっくりと抜け出した旧市街には、閉店した店舗や占いの店がずらっと並んでいた。十年前はこれほどではなかった。昼間は働く人たちであふれ、夜は遊びに来る人たちでにぎわっていた。この町の人たちは、誰かに会うときは必ず旧市街に行った。なのにいつからだろう。いや、なぜこうなったのだろう。誰もその変化に気づかなかった。歳を取るのと似ていた。人々は旧市街が滅びていくようすを、長い時間をかけてゆっくりと見守った。自分たちが何を見ているのかも知らないまま。ある日、旧市街に行ってきた祖母がこんなことを言った。

「ああいうのを見ると、まだあたしが生きているのが不思議だね」

　いまや旧市街は廃屋と成り果てた。幸福療養院はそんな場所にあるのだ。意識がしっかりしていたら祖母はなんと言うだろう。ヒステリック気味にこう言うに違いない。

「あたしにここで暮らせって？　ぼけてるのはあたしじゃなくて、あんたたちじゃないの？」

　旧市街。廃墟になってしまった在りし日。いや、そういう問題ではない。看板。そう。看板のせいだ。〝幸福療養院〟と刻まれた五文字は蛍光ピンクだった！　キラキラと光り輝くピンク！

　でも祖母の意識が戻ることはなく、だから叱られることもなかった。それに実際入ってみたら、幸福療養院は思ったよりもずっと……よかった。ハーブミントの芳香剤の匂いがし、清潔で、スタッフたちも親切だった。でも悪くはないというだけで、限りなく物足りない感じがした。「思ったよりよかった」というのは、つまり期待していたほどではないという意味だから。私はそこに祖母をひとり置いてくるのだと思うと耐えられなかった。すると叔母が腹を立てた。

「あたしだって不満がないわけじゃないわよ。だからってどうできるっていうの」

彼女の言うとおりだった。叔母も私も、ここよりもいい施設は経済的に無理だった。かといって、私たちのうちどちらかが祖母と一緒に暮らすわけにもいかなかった。祖母は私と叔母のことを忘れていたし、言葉もうまく話せなかったし、なによりトイレにひとりで行けなかった。叔母の言い分ももっともだ。だから誰がどうするのよ。かといって、療養型病院に入れるのを手放しで喜ぶわけにはいかなかった。当たり前じゃないか。

祖母の入院手続きを終えて帰る途中、叔母が私に言った。

「通っているうちに慣れるわよ。もしかしたらそのうち、おばあちゃんちみたいに思えてくるかもよ」

叔母の言葉にはなんの悪意も感じられなかったけれど、むしろ愛情すら感じられたけれど、彼女が私をどう思っているのかはっきりわかった。母さんが引き取った子。母さんが育てた姪。死んだ姉さんの娘。叔母は祖母の家を自分の家だと思ったことがないのだろう。

（一線を引きなさい、一線を）


「蛍光ピンクの看板？」

ミョンジュの声に私は顔を上げた。

「うん、ちょっとあれだよね」

post card

恐れ入りますが、切手をお貼りください

810-0041

福岡市中央区大名2-8-18
天神パークビル501

書肆侃侃房 行

□ご意見・ご感想などございましたらお願いします。

※書肆侃侃房のホームページやチラシ、帯などでご紹介させていただくことがあります。
不可の場合は、こちらにチェックをお願いします。→□　※実名は使用しません。

■愛読者カード

このはがきを当社への通信あるいは当社発刊本のご注文にご利用ください。

□ご購入いただいた本のタイトルは？

□お買い上げ書店またはネット書店

□本書をどこでお知りになりましたか？

01書店で見て　02ネット書店で見て　03書肆侃侃房のホームページで
04著者のすすめ　05知人のすすめ　06新聞を見て（　　　　新聞）
07テレビを見て（　　　　）　08ラジオを聞いて（　　　　）
09雑誌を見て（　　　　）　10その他（　　　　）

フリガナ
お名前　　　　男・女

ご住所　〒

TEL（　　）　　FAX（　　）

ご職業　　　　年齢　　歳

□注文申込書

このはがきでご注文いただいた方は、**送料をサービス**させていただきます。

※本の代金のお支払いは、郵便振替用紙を同封しますので、本の到着後1週間以内にお振込みください。
銀行振込みも可能です。

本のタイトル	冊
本のタイトル	冊
本のタイトル	冊

合計冊数　　冊

ありがとうございました。ご記入いただいた情報は、ご注文本の発送に限り利用させていただきます。

「ちょっとどころじゃないよ。なに、あの色」

事実だったし、療養院に向かうあいだじゅう考えていたことだけど、むっとした。祖母のいるところなんだから、見て見ぬふりをしてくれたっていいじゃない。つまり、私が祖母をこんな安っぽいところに入れたってことを。でもそれだけではなかった。私は朝からミョンジュに少し腹が立っていた。彼女が約束の場所に少し遅れてやってきたのだ。一方、私は遅れてはいけないと思い急いだ（おかげでぶどうを忘れてきた。祖母にあげようと思って買っておいたぶどう二房！）。でもそれよりむかついたのは、ミョンジュが謝りもしないで、車のなかで二十分ものあいだ黙りこくっていたことだ。初めは心配した。具合でも悪いのかな、何かあったのだろうか。そう思うのは当然だろう。ミョンジュの二回目の手術は一回目より時間がかかった。彼女は精神的にも前よりつらそうだった。最初の手術を受けたときはいまよりもずっと若かった（三十代！　ふたりとも三十代だった！）。完治したいという目標があった。しかし、取り除けなくて残っていたがんは消えることなく、もう一度手術をするはめになったのだ。

その後ミョンジュは、完治については何も言わなかった。その代わりよく沈黙した。

そして私は、いつもミョンジュの顔色をうかがった。具合が悪いのだろうか。何かあったのだろうか。そうだ。ミョンジュの心配をしていた二十分のあいだに、私は気づいたのだ。もうずいぶん長いあいだ、こんなふうに生きてきたことに。そのせいでぶどうを忘れてきたことにも。

すぐには祖母に会えなかった。日光浴の時間らしい。私たちは三階のロビーに案内された。陽当たりのよいガラス窓の前に、年寄りたちが一列になって座っていた。運動不足の老人が陽ざしを浴びる方法の一つだという。彼女らが窓際に並んでいる姿は少々滑稽だった。ミョンジュが言った。

「しいたけ干してるみたい」

私はその冗談がおかしかったけれど、反応しなかった。なぜだか今日は意気投合したくなかった。しばらくして、介護士が祖母を連れてきてくれた。私は笑みを浮かべて歩み寄った。陽ざしを浴びたからか、祖母の体はあたたまっていた。車椅子に座っているのに、祖母は相変わらず背が高く、体格もよかった。でも少し痩せたみたいだった。ちょっとだけ心配になった。アルツハイマーを除けば、祖母はわりと健康だった。私は介護士に、私たちがついているのでしばらく休んでくださいと言った。

祖母がミョンジュと私を交互に見つめた。そのまなざしには、私たちのことがわかるとか、だから何かを考えているとか、そんな気配はなかった。かといって、ぼんやりしているわけでもなかった。彼女は確かに何かを見ていた。どう言えばいいのだろう。祖母は、自分と私たちのあいだに存在する別のものを見ていた。何だろう。記憶だろうか。それとも想像だろうか。突然、祖母の声が聞こえてくるようだった。「ジンソ。一線を引きなさい、一線を」

ミョンジュが祖母を呼んだ。

「おばあちゃん、お元気でしたか。ミョンジュです」

祖母の視線がゆっくりとミョンジュの方に向いた。ミョンジュが誰だかわからないようだった。彼女は少し悲しそうにした。祖母はいつもミョンジュに対して親切だった。ミョンジュも祖母に対してそうだった。ふたりの方がよっぽど家族のように見えた。ミョンジュが病気のときもそうだったが、祖母はいつも私に言った。「あの子によくしてやるんだよ、わかったかい？」
ミョンジュが祖母のお気に入りだと思うと、寂しくなるときもあった。祖母はミョンジュのいいところ、口数が少なく慎重で辛抱強い性格をよくほめたし、私が見習うべき点だと言った。とりわけ辛抱強いところを。ミョンジュをほめるのは私の性格を指摘することでもあったので、自然とこう思ってしまうのだ。つまり、ずっと前から心に秘めていた疑問なのだが、祖母は望んで私を引き取ったのだろうか、私のことを愛しているのだろうか、それともただの責任感？　祖母は私と暮らすのが楽しいのだろうか……と。

　いきなり祖母がミョンジュのバッグをひったくった。バッグのなかを引っかきまわしたかと思うと、今度は私のバッグを奪った。そしてクラウンサンド［ビスケットの中にクリームが入っている菓子］を二つ取り出した。祖母は包みを破って口のなかに放り込んだ。私はびっくりした。

「おばあちゃん！」

　でも祖母は何も答えなかった。慌ててお菓子を口のなかにつめ込むだけだった。アルツハイマー型認知症にかかると食べ物の好みも変わるというけれど。そのせいだろうか。祖母が見知らぬ人のように思えた。祖母はおやつを好まなかったし、ましてやお菓子など食べなかった。なのにいまクラウンサンドをむさぼり食い、私たちを代わる代わる見ている。

　私はミョンジュの方をちらっと見た。そして思った。

　やっぱ、ぶどうを持ってくるべきだった。

ああ、どうしたらいいの？　どうしたら。

ちょうどそのとき病室で、見舞いに来た隣のベッドの患者の家族が和菓子を配っていた。少し気が焦っていたせいもあって、私はお礼も言わずに受け取ってしまった。すると祖母は、私の手からお菓子をさっと奪い取った。今度は包み紙も取らずに口に入れようとした。私はとっさに大声を出した。

「おばあちゃん、ちょっと待って。あたしが取ってあげる」

祖母が私の手の甲をたたいた。あんまり急かされたので体が震えた。祖母がお菓子を口に入れるようすはとても見ていられなかった。お菓子がぽろぽろと彼女の胸にこぼれ、指にはべとべとした餡子がくっついていた。

「ご飯が足りないのよ」

聞いたことのない声に私は振り返った。和菓子をくれた隣の患者の娘だった。

「どういうことですか」ミョンジュが尋ねた。

「体格がいいでしょ。ここの食事の量、ぜんぜん足りていないのよ。毎日、ご飯をもっとくれって言ってるわよ」

女が答えた。そしてまたこう言った。誰かがお見舞いに来たら、祖母はそのベッドの周りをうろうろ歩きまわると。

「どうしてですか」今度もミョンジュが尋ねた。

女がにっこり笑って答えた。

「どうしてって、そりゃ食べ物でも分けてくれると思ってるんでしょ」

（一線を引きなさい、一線を）

私はとぼけたように言った。

「そうですか。ならご飯をもっとくれるように言っとかなきゃ」

「ムリムリ」女が私たちに向かって手をぱたぱた振った。「いまだってものすごく食べてるわよ、ものすごく！」

そのとき、ミョンジュが立ち上がった。

「どこ行くの？」

私が訊いても、ミョンジュは答えなかった。彼女は振り返りもせずにすたすた歩いていったかと思うと、やがて見えなくなった。女の言うことを聞いていたくなかったのだろう。その瞬間、私は心の片隅で何かがぷっつり切れたような気がした。一線なんか引いていられなかった。ミョンジュが憎かった。私は好きでこんな話を聞いていると思う？　私の祖母だ。私の家族だ。私がこんなに必死で我慢しているんだから、そばにいてくれたっていいじゃない。積もり積もった感情が一気に押し寄せてきた。そりゃ自分の体も大事だけど、だからってひとりどこかに行っちゃう？　私はどうしようもなく気が滅入った。

よくしてやれって？　あんな子に何をどうよくしてやれってての？

私は祖母を見つめた。食卓の上に忘れてきた二房のぶどうを思い出した。あれがあれば祖母のおやつにちょうどよかったのに。お菓子なんかじゃなくて、祖母の好きな、体によくておいしいぶどうを食べさせてあげられたのに。でももうどうすることもできない。いま祖母はお菓子を食べている。女は憐れむようなまなざしで祖母をちらっと見たかと思うと、バッグから本を取り出した。聖書だった。

おばあちゃん、一線を引くってどういう意味？

私はその場で叔母に電話をかけた。叔母はすぐに電話に出た。私もためらわずにストレートに訊いた。

「なんで教えてくれなかったの？」

「なにを？」

「おばあちゃん、ご飯少ないんだって」

「え？　あんた、療養院に行ったの？」

「ここのご飯の量、少ないんだって。だから隣の人の分まで横取りして食べてるんだって」

「誰よ、そんなこと言うの」

「ここにいる人に聞いたんだけど、おばあちゃん、他の人たちのご飯も食べてるんだって」

私は女の視線を感じた。私は叔母にさらに鋭く言い放った。

「なんで言ってくれなかったの？　知ってたらもっと差し入れ持ってきたのに。隣の人たちにも分けてやれたし。恥ずかしいじゃん。おばあちゃん、お腹空いてるんだって。なんでおばあちゃんに物乞いさせるわけ？」

（一線を引け）

でももう手遅れだった。隣の女が私の顔色をうかがっていた。沈んでいた気持ちが急によくなった。

胸のなかに押し込んでいたものが、片っ端からあふれ出てくるようだった。これでわかった？　たかが食べ物くらいで、年寄りのことをあれこれ言わないでくれる？　お互い似たような境遇にいるんだから、理解し合いましょうよ。気分はさらに高ぶった。女に面と向かってなにか言ってやれそうな気がした。なんでも、いくらでも、言えそうだった。なんて言う？　どう言えばいいんだろ。頭のなかでありとあらゆる単語が絡み合った。

　そのとき、叔母が声を荒らげた。

「ジンソ！」

「え？」

「あんた、正気じゃないわね」

「なにが？」

「もしおばあちゃんのところに行くんだったら、なにか差し入れを持っていってあげてって、あたし、言ったよね？　何度も言ったよね？」

　私はそんなことを聞いた覚えはなかった。

「また忘れたんだ」

「え？」

「あんたってほんとそう。あの日、家族がみんないるところで言ったじゃない。どうせまた自分に酔って、人の話なんか聞いてなかったんでしょ」

「あたしが？」

「ああ、もううんざり。いかれてるわよ」

そう言って叔母は電話を切ってしまった。私はまだ話をしているかのように、スマホを持ったまま立っていた。何かずっしりと重いものが体から抜けたような気がした。そのとき後ろから誰かが私の手首をつかんだ。祖母だった。祖母がじっと見ていた。そうだ、祖母はいつだって私をこんなふうに見た。私が思ったままを口にしたとき、感情を持て余して声を荒らげたとき、急に嘘が飛び出したとき、祖母はいつもこんな表情で私を見た。

祖母にアルツハイマーの症状が現れはじめた頃、親戚はみんな祖母が苦労しすぎたからだと言った。またミョンジュが憎くなった。彼女が遅れてこなければぶどうを持ってきていただろうし、隣の女から余計なことを聞かされなくてもすんだだろうし、叔母に電話してあれこれ言うこともなかっただろう。私は一線を引いていたはずだ。私の知っている祖母はもういないんだと実感することもなかったはずだ。思わず泣きそうになった。もう我慢できなかった。私は祖母の手を引っ張った。

「帰ろう、おばあちゃん」

私は祖母を車椅子にのせた。もういい、こんなところ。ご飯だってちゃんとくれないのに。あたしがおばあちゃんの面倒みるから。仕事なんかやめちゃえばいい。だよね？　おばあちゃん。でも怖かった。変だった。自分が自分じゃないみたいだった。こうしたいわけじゃないのに。こうしちゃいけないのに。でもやめられなかった。込み上げてくる感情をどうすることもできなかった。境界を越えてしまったようだった。どこかに逃げてしまいたい、飛び降りてしまいたい……。

こんなときはいつも祖母が学校に呼び出された。

私は祖母の服をバッグにつめ込んだ。涙が出そうになり、鼻の付け根がじんとした。泣くまいと深呼吸をし、天井を見上げた。そのとき隣の女と目が合った。女は見て見ぬふりをして目を閉じ、十字を切った。

父と子と聖霊のみ名によって、

アーメン。

*

私は女にどんな言葉を浴びせたのか、覚えていない。

*

口で言っただけ？　ならいいけど。

*

気がついたときには、祖母をのせた車椅子を押しながら廊下を歩いていた。顔が熱かった。手が震えた。廊下にいる人たちが私の顔をちらちら見ているのが感じられた。私はうつむいた。右手の甲に引っかき傷ができていた。祖母の白髪頭が目に入った。ずいぶん髪が抜けて、頭皮があらわになっていた。私はまた顔を上げた。

向こうの方にミョンジュが見えた。彼女は看護師と話をしていた。深刻な雰囲気だった。看護師は私を見るなり声を少し荒らげ、そしてミョンジュの方を見てうなずくと、その場を去った。ミョンジュはひとり廊下に立っていた。私と祖母を待っているようだった。彼女は左手に重そうな黒いビニール袋を提げていた。

ミョンジュが低い声で尋ねた。

「どこ行くの？」

「帰る」

私が答えた。そして手の甲で涙をぬぐった。傷のせいでひりひりした。

「おばあちゃんも一緒に？」

ミョンジュがまた訊き、私はうなずいた。ミョンジュはそれ以上訊かなかった。その代わり、ただこう言った。

「ぶどう食べてからにしない？」

彼女が提げている黒いビニール袋のなかにはぶどうがたくさん入っていた。それを買いに行っていたのだろう。ミョンジュはぶどうを食べる適当な場所を探すために先に歩いていった。私は祖母の車椅子を押しながらついていった。あらためて祖母がいることを実感した。無言で身動きもしないけれど、祖母は私のそばにいた。私は左手を祖母の肩にのせた。そして祖母が私の手を握る想像をした。

ミョンジュがずっと向こうの方で手招きをしていた。

私たちは、さっき年寄りたちが日向ぼっこをしていた三階のロビーに行った。まだ少し、透明な窓のなかへ陽ざしが降り注いでいた。

ミョンジュがぶどうを洗ってきた。房の隙間から水滴がぽとぽと落ちた。甘い匂いが濃厚に漂ってきた。ミョンジュはぶどうの皮をむいて、祖母の口に一つずつ入れてやった。祖母はゆっくりとぶどうを噛んだ。私はロビーの椅子に背もたれて、ふたりを眺めた。いつもそうだけど、ふたりは家族のように仲睦まじかった。陽ざしがまぶしかった。前がよく見えなかった。私はそのままじっとしていた。私がいじめられっ子だったというのはまんざら嘘ではない。私はすぐに感情的になったし、自分の気持ちに陶酔しているときが多かった。そのためよく馬鹿なことをしでかした。思ったことをストレートに言い、声を荒らげた。私のことをわかってくれない人たちを憎んだ。

幸いにも、成長するにつれ少しはコントロールできるようになった。でも、やはり私は私だった。相変わらず誰かに、その人の気持ちを考えずに深入りした。期待し、失望し、憎んだ。人と人との適切な距離感がつかめなかった。傷口をさらけ出さずにはいられなかった。似たようなことが何度もくり返された。そうしているうちに一つだけ、わかったことがある。私は決して誰とも親しくなれない人間だということ（だから、一線を引きなさい。一線を）。

ミョンジュとは三十二歳のとき親しくなり、その一週間後に案の定、喧嘩した。彼女が私の勧めた漫画の第二巻を読まないと言ったからだ。

「あたしの好みじゃないの」

それを聞いて私は荒れ狂った。まるで彼女に拒まれたような気がした。私を非難し、批判したと責めた。だから私は、彼女にはもう二度と会うことはないだろうと思った。みんなそうだったから、彼女も私と連絡を絶つだろうし、私のことを嫌いになるだろうと思った。ところが翌日、彼女が電話をかけてきた。そして言った。

「あんたが嫌いなんじゃなくて、あの漫画が面白くないの。それって違うんだよ」

次の日、私は祖母に、友達を家に呼んでもいいかと訊いた。

「看護師さん、なんて？」

私はミョンジュに訊いた。彼女はぶどうの皮をむきながら答えた。

「問題を起こさないでって」

私はまた訊いた。

「今回はどのくらい大きいの？」

「問題のこと？」

「うん」

彼女がじっと私を見た。むくみのとれていない顔がひどく疲れて見えた。頬はシミだらけだったし、目元は黒ずんでいた。眉毛は薄く、肌は荒れていた。

私は手の甲でまた涙をぬぐった。そんな私を見ながらミョンジュが訊いた。

「隣のおばさんに謝る?」

「うん、謝る」

「なら大丈夫。謝ればすむことだから」

祖母が私をじっと見た。彼女は何を見ているのだろう。私を見ているのか、それとも記憶のなかの誰かを見ているのか。その日、私がミョンジュを家に連れてきてもいいかと訊いた日、祖母は努めて平静を装っていた。祖母は私を待ち受けている破局について、期待してもどうせこじれるだけだと考えていたようだ。でもわかったと言ってくれた。

「いいよ、いつでも連れておいで」

祖母がミョンジュのことをどう思っているか訊いたことはない。訊くまでもなかった。祖母はミョンジュが好きで、彼女のいろんなところをほめた。心からそう思っていた。祖母はいつも私のことを思ってくれたし、自分がこの世を去ったらひとりぼっちになる私を心配していたから。訊かなくてもわかった。でも祖母が知らないことも多かった。三十二歳の孫娘に初めてできた友達は乳がんになり、自分は認知症になって孫のことを完全に忘れてしまうこと。孫はこれからも一線を越え続け、そのせいでそばにいる人たちも離れていくのではないかとびくびくしながら生きていくこと。そして実際に、自分と友達が逝ってしまうのを見届けること。歳を取るように、ゆっくりと長い時間をかけて、それらを経験するであろうこと。

なんでも自分のせいにしてしまうこと。

なのに期待するのをやめないこと。
おばあちゃん、これが生きるってこと？
ふたりの肩に留まっていた陽ざしがしだいに消えていった。
腰が痛かった。

作家ノート

いつまでも君と話をしていたい。
この小説はそんな気持ちから始まった。

偉大なる遺産

ソン・ボミ

その日、晩ご飯を食べているとき、おばさんは彼女のことをずっと「都会っ娘《こ》」と呼んだ。「うちのご飯は都会っ娘の口に合うかしら」とか、「都会っ娘は食事のあと、ほら、デザートだったっけ？　食べるのよね？」というふうに。のちに彼女は、そう言ったときのおばさんの表情や口調に気になるところはなかったか、気配のようなもの――漠然とした敵愾心とか――はなかったか、思い出そうとした。あったかもしれない。どんなに隠しても、ぴょこぴょこ顔を出す感情が。でも彼女は別に気にしていなかった。あるいは、そんなことはなかったと自分に言い聞かせていたのかもしれない。いずれにせよ、当時の彼女は、自分には被害妄想的なところがあるのを**認め**ようと必死で努力していた。「あなたの思っていることが必ずしも正しいとは言えないんですよ」。セラピストはそう言っていた。

だが、その晩は違った。そのような可能性、つまりおばさんは自分を嫌っているかもしれないなんてことは、まったく考えなかった。その日の午後、十年ぶりにばったり会ったおばさんは、ひと目で彼女に気づき、気さくに彼女の腕に手をまわした。まるでそれが自分の任務だとでもいうように。「ねえ、こんなところじゃなんだから、うちに来て夕ご飯でも一緒に食べない？　ほら早く」。誰が憎んでいる人をそんなふうに自分の家に連れていき、夕食をごちそうするだろうか。

だからおばさんが都会っ娘がどうのこうのと言っているとき、彼女は心のなかで別のことを考えていた。

だったら、おばさんの息子は田舎男ってこと？

しかし、彼女はそう口に出して言うつもりはなかった。なにしろこの町は決して〝田舎〟と呼べるところではなかったからだ。中心部にはソウルにあるような大きなデパートがあったし、街を行き交う人たちは活気に満ちていた。景気もよかった。少なくとも、彼女がこの町を離れた十年前まではそうだった。彼女はここで十六年間暮らした。六歳のとき父が亡くなり、祖母が彼女と母を呼び寄せた。祖母はとてつもなく大きな家でひとり暮らしていた。濃いグレーで塗られた、堂々とした構えの鉄製の門を押し、しばらく庭園を歩いていくとようやく建物が見えてくる。まぶしいほどに青々とした芝生に、高価な松の木、石で装飾された家。祖母は、真夏以外はいつも純シルクの韓服《ハンボク》を着ていた。声を荒らげることはなかったが、ずいぶん気まぐれな人だった。表情で言いたいことを言う部類の人。祖母の言うことは絶対だった。食べ物は自分で買ってきたが、台所には入らない。外出をするときはいつも日傘（シルクの刺繍が入った色とりどりの日傘たち！）をさし、近所の人は祖母を見ると挨拶をするだけで親しげに話しかけてくることはなかった。祖母は金持ちだった。いや、違う。金持ちなのは祖父の方で、祖父が亡くなったあと、彼の財産を祖母が**譲り受けた**のだ。その家だって祖父が自ら設計したものだ。祖父は彼女の両親が結婚するよりも先に亡くなったので、実際に会ったことはなく――写真は毎日のように見た。祖母の家の玄関には、祖父、祖父の父、祖父の母の写真が掛かっていたから。彼女はずいぶんあとになってそれらが遺影写真であることを知った——生前に**どんな**仕事をしてそれほどの大金を稼いだのかも知らなかった。

祖母の家で暮らしはじめてまもない頃、祖母は彼女によくこう言った。「この家の男たちが早死にするのは定めなんだろうねえ」。のちに彼女が母に「早死に」とはどういう意味かと訊くと、母はこう言った。「あんたのおばあちゃんって、ほんと軽率な人よね。子どもの前でそんなことを言うなんて信じられない」。彼女は母にもう一度訊くのだった。「お母さん、軽率ってなに？」

考えてみると、彼女の祖父はそれほど早死にしたわけではなかった。一九一八年に生まれ、一九七二年に死んだのだから。祖母はいったい祖父にどれだけ長生きしてもらいたかったのだろうか。

この町を決して田舎と呼べないもう一つの理由は、全国で三つの指に入る大規模な紡績工場の団地があったからだ。彼女は幼いとき、母と一緒に紡績工場の近くを通った。ときどき工場から白い三角巾をかぶった女たちが（彼女は首をかしげた。この仕事は女にしかできないこと？）どっと外に出てくるのを見た。

「まあ、なに言ってるの。彼女たちは絶対に、白い三角巾をかぶったまま外に出ないわよ」

彼女が紡績工場について覚えていることを話すと、おばさんは彼女の言ったことを訂正した。彼女は自分の記憶が間違っているとは思わなかったが（彼女のセラピストならこう言うだろう。「あなたの記憶がすべて正しいとは言えませんから。抑圧された記憶もあれば、過剰な記憶だってあるのです」）、おばさんとそんなことで言い争いをしたくなかった。というのも、おばさんはその紡績工場で働いていた女工のひとりだったからだ。

「白い三角巾をかぶるのは仕事をするときだけなのよ。それくらいの品位は、あたしたちだって保ってたわよ。ま、都会娘にはわからないでしょうけどね」

十七歳のときから二十五歳まで、おばさんは紡績工場で働いた。そして出産後は、紡績工場に戻る代わりに、彼女の祖母の家で家政婦として働いた。理由は一つ。息子を連れて働けるから。しかし実際は、おばさんが息子を連れてきたのは数えるほどしかなかった。当時、おばさんの息子は七歳くらいだったが、おばさんが祖母の家にいるときは誰がその子の面倒を見ているのかと、尋ねる人は誰もいなかった。いずれにせよ二十八年間、おばさんは祖母の家で働いた。体を自由に動かせないのに入院したくないと意地を張る祖母を、一年間、世話したのもおばさんだった。当時、彼女はソウルにある大学に通っていた。住み込みの看護師がついていたが、それでも毎朝、祖母の体を拭き、韓服《ハンボク》を着せるのはおばさんの役目だった。住み込みの看護師はよく彼女に言った。「まるで血を分けた姉妹みたいなんですよ」

おばさんは背が低く、ふっくらした体形で、背中まで伸ばした髪をいつも一つに編んでいた。目は大きい方で、鼻は高くなかったけれど鼻先がとても美しかった。頭には白い三角巾をつけていた（つまり、紡績工場で働いていた頃のように）。初め彼女が母に「あのおばさん、きれいね」と言ったとき、母はこう答えた。「ちょっととろそうじゃない？　いい人かもしれないけど」。だが、おばさんはとろくはなかった。少なくともその家では、表情を見るだけで祖母の機嫌の良し悪しがわかるのはおばさんだけだった。その方面で一番とろいのは、誰がなんと言おうと母だった。

こんなこともあった。そのとき彼女たち――彼女と彼女の母、そして祖母――はリビングのソファに座っていた。リビングには全面窓があり、そのせいで冬は暖房費が高かった（祖母はこう言った。「それだけの価値があると思わないかい？」。もちろん、それだけの価値があった。全面窓の外に広がる四季の美しい景色！）。その日、リビングに茶菓子を運んできたおばさんが、突然その単語を使った。その単語——寡婦。彼女は母の顔からしだいに血の気が引いていくのを見た。たしか彼女が小学校に入った直後だった。彼女は先に祖母の顔を見たのだが、驚いたことに祖母はショックを受けたようすもなかった。むしろどこか楽しんでいるような表情が一瞬だが、よぎった。

　その晩、母は彼女の部屋に来て怒りをぶちまけた。母と彼女の部屋は、その家の二階で隣り合わせになっていた。彼女は寝る支度をして、ベッドに横になっていた。蛍光灯は消し、ベッドのサイドテーブルにある小さな読書灯だけをつけていたので、部屋全体に淡いオレンジ色が漂っていた。なぜよりによって私だったのだろう。彼女はときどき考えた。なぜ母は**私に**怒りをぶちまけたのだろう、と。しかし、そんなことを訊くこと自体が無意味なほど、答えはわかりきっていた。そこ、つまりこの町には、彼女の母が話をする（または、話がしたいと思う）相手はいなかった。母は自分の両親に電話をかけてまでそんな話をするほど、自分が追いつめられているとは思っていなかった。「こんなの、どうってことないわ」。その年、彼女の母は何かあるたびにそうつぶやいていた。だから不満をぶつける相手として彼女——何も知らない子ども——が選ばれたのだ。「あの女は寡婦どころか、未婚の母よ。未婚の母」。彼女は未婚の母とはどういう意味なのか、訊きたいのをぐっと我慢した。ただ、その言葉が寡婦とは次元が違うということはわかるような気がした。例えば、おばさんの言う「寡婦」には切なさとでも言おうか、うら寂しくもあり滑稽なニュアンスがあったが、母の言う「未婚の母」はまったく違った。そこには非難めいた気配と（そして、ずっとのちにこの言葉を思い出したのだが）堕落の意味も含まれていた。母がそう言うときは、子ども用ベッドに腰かけ、両腕をまっすぐに伸ばしてマットレスの端を押さえていた。彼女の目には、母の姿が半分しか見えなかった。上半身の半分は読書灯の丸くて淡い光のなかに、残りの半分は暗闇のなかに留まっていた。

その夜からわずか二年後に、彼女の母はその町を出ていった。よくない噂が立った。祖母は母が「行った」という言い方をした。「おまえの母さんは行った」。祖母は彼女から目をそむけて言った。彼女は、まるで自分が過ちを犯したかのようにおどおどした。考えてみると、彼女の存在そのものが過ちだった。当時の祖母は、嫁にまつわる醜聞を大っぴらにしてめった切りにしたい気持ちと、嫁と関係のあるすべての時空間を切り取り、棺のなかに入れて封じてしまいたい気持ちとの狭間で揺れていた。めった切りと封じ込み。もちろん、どちらも祖母のやり方だった。祖母は結局、後者を選ぶだろう。なぜならその選択こそ、母の醜聞が自分に何の打撃も与えなかったことを見せつけるための唯一の方法だと、祖母は固く信じていたから。

祖母が死んだのは、療養型病院に入って二カ月後のことだった。そんなにあっけなく亡くなるとは誰も予想していなかった。「知らないところに行ったから気力を失ったのよ。家を離れちゃいけなかったのに」。葬儀のとき、涙を拭きながらおばさんが言った。彼女はあっけにとられた。おばさんに何がわかるの？　医者でもないくせに。彼女は葬儀が終わると、祖母の家の玄関に鍵をかけてソウルに帰った。その後、いろいろな問題が起こった。例えば、財産の分配。みんな彼女が祖母からものすごい財産を譲り受けたと思っているが、実際はそうではなかった。かといって、取るに足らない額でもなかった。葬儀を終えて数カ月経った頃、彼女の伯父だという人が現れた。その人は弁護士との接見や、法的争い、ありとあらゆる法律用語を使って、子どもじみた攻撃をしかけてきた。彼女は母の連絡先を人づてに聞いて電話をかけた。「お父さんにお兄さんがいたの？」。そうだという。形だけの挨拶をしているときに、突然母が言った。「でも、憎むよりは愛し合って生きていく方がよくない？」

彼女はその後、二度と母に電話をしなかった。

法的な争いが続いた数年間、祖母の家は厄介な代物だった。いや、初めからそうだった。その家には――払おうと思えば払えるが、できれば避けたいと思う――税金などがあった。祖母が亡くなったとき、税理士が家は売った方がいいと忠告した。「さしあたっては損をするかもしれませんが、一日でも早く売り払った方がいいでしょう」。しばらくしてこんなことも言った。「いつか後悔しますよ」。さすが賢い人だった。税理士の言ったことは、税理士自身が思っていた以上に当たった。この十年間、町は驚くほどさびれていった。紡績工場は閉鎖し、デパートは撤収した。手腕のある人たちは、近くにできたニュータウンに引っ越した。なら手腕の**ない**人たちはどうなったのだろう。彼女にはわからなかった。

その日の午後、彼女が十年ぶりにこの町に来たとき、空は濁った灰色だった。朝の天気予報で、今日は全国的に雪が降るだろうと言っていたことを思い出した。出発するときはまだ青空が広がっており、寒いけれど陽ざしが強かったので、そんなことはすっかり忘れていた。彼女は小さい頃住んでいた町に着くなり衝撃を受けた。身震いするほどだった。あたかも絶対に見たくない**他人**の弱点がさらけ出された――彼女はいつも、自分の弱点が満天下にさらされるときよりも、他人の弱点が人目にさらされるときの方が心に痛みを感じた――ようだった。祖母の家の近くはすでに半分ほど空き家になっていた。街路樹は枯れ、かろうじて命脈を保っていた。ものすごく強い風が吹いていたので、彼女はマフラーや手袋を持ってきたらよかったと後悔した。体がぶるっと震えた。壊れかけの家を見た彼女は、どうしてもこの状況が理解できなくて、コートの襟を立ててしばらく立ち尽くしていた。電柱と、絡み合った電線の彼方にある、まるで本を伏せたような三角形の屋根が目に入った。重々しく威圧感のある青緑色の屋根。かつて彼女の部屋だった、バルコニーがある二階の部屋の窓。赤い壁。手入れをしていないせいで鬱蒼と生い茂った木が彼女の視界をさえぎっていた。かといって、どうしようもないほど悪くはなかった。他の人は誰も、あの家がとっくに廃家になっているとは思わないだろう。これっぽっちも。そんな人たちは幸せだと彼女は思った。

　大きな鉄製の門は塗料がはがれ、下の方はゆがんでいた。誰かがわざと壊したのだろうか。彼女はそうっと門を押した。ひんやりしていた。門があまりに大きな音を立てたのでびっくりした。なかに入ると、古ぼけた建物の外壁と屋根が見えた。庭の芝生は黄色く干涸びていた。どこからか腐った臭いがしてきた。庭の池らしい。おかしい。ここは**自分**の家なのに、彼女は忍び足で歩いていた。誰かに見られやしないかと怯えながら、まるで自分が侵入者にでもなったかのように。玄関のドアの前まで来て、持ってきた鍵でドアを開けようとしたとき、彼女はまたしてもびっくりした（ああ、私はいつになったら驚かなくなるだろうか、と彼女は思った）。そこには大きな錠がかかっていた。いったい誰がここにこんなものをつけたのだろう。彼女は手にひんやりと硬いものを感じながら、両手で錠をつかんで力いっぱい揺らした。それでドアが開くはずもないのに、ずっと揺らし続けた。手から金属の匂いがした。彼女はリビングの全面窓の方に行ってみることにした。大きな窓を開けようとしたが、閉まっていた。全面窓にはカーテンがかかっていたのでリビングは見えなかった。かがんであちこちのぞいているうちに、カーテンとカーテンのあいだにわずかに開いているところを見つけた。体を思いきりすくめ、顔はできるだけ窓に近づけたまま、手を丸くしてなかをのぞいた。吐く息のせいで視界が曇った。彼女はかじかんだ手で曇ったガラスをぬぐった。そうするしかなかった。茶色の木の滑らかな材質が目に入ってきた。

　ピアノ。ああ、そうだ。ピアノ。

　母が家を出ていった年、祖母は彼女にピアノを買い与えた。一、二カ月後にはバイオリンを、またその一、二カ月後にはフルートを、いきなり買った。ああ、そうだった。祖母はバイオリンとフルートに彼女の名前を刻み、練習が終わったらケースに入れてピアノの横の陳列台に入れておくようにと言いつけた。家に音楽の先生を呼んだ。先生はおかっぱ頭の若い女の人で、細くて短い鞭でよく彼女の手の甲をたたいた。「あんたのおばあちゃんに頼まれてやってるのよ」。さほど痛くはなかったが、屈辱を覚えた。

　もっとリビングのなかを見たくて、視界を広げようと目玉をきょろきょろさせているとき、誰かがいきなり彼女の肩をつかんだ。びっくりして（ああ、彼女はまた驚いた）その場に座り込んでしまった。顔を上げると、目の前に年老いた女の人が立っていた。しわだらけの額とシミの浮いた肌、染めていないのか所々に白髪が集中して生えているショートヘア、寒さのせいで赤みを帯びた頰。彼女は一瞬、その老婆に殴られるのかと思って、両手で顔を覆ったが（彼女はなぜ怖くなったのだろう。自分の家なのに。毎年お金も払っている！）、すぐに落ち着いた。おばさんだった。以前よりずいぶん体に肉がついていたけれど、すぐにわかった。その瞬間、彼女の耳元に祖母がおばさんを呼んでいたときのイントネーションが再生された。おば、さん！　実際、祖母の家に住んでいた人たちはみんなそんなふうに呼んだ。おば、さん！　と。

　食事が終わったあと、おばさんはテーブルを片づけながら、都会っ娘はコーヒーが好きなのよね、と言って笑った。

「デザートはないけど、コーヒーならあるわよ」

　水を入れたやかんをガスレンジにのせ火をつけたおばさんが、彼女に背を向けたまま優しい声で訊いた。

「ねえ、さっきあそこで何やってたの？」

　彼女はシンクの上の棚から紙コップを取り出しているおばさんの後ろ姿を見ながら、何もしていなかったと答えた。

「ふうん、探しものがあるとか？」

　彼女は頭を振った。探しものなどなかった。貴金属以外の祖母の遺品はそのままにしてあったが、わざわざ取りにくるようなものでもなかった。彼女はおばさんに訊いた。

「玄関に錠が掛かってたけど、誰がつけたんですか」

おばさんは紙コップに甘いインスタントコーヒーを入れ、一つは自分のところに、もう一つは彼女の前に置きながら、そんな話は初めて聞くというように眉間にしわを寄せた。しかし、おばさんはまたすぐに笑顔になった。

「錠？」

「ええ」

「錠なんて誰が何のためにつけるのよ。見間違えたんじゃないの？」

彼女は首を横に振った。

「でも、どうしてあの家に入りたいの？」

あの家にどうして入りたいかって？　おばさんの質問は何か核心をついている、と彼女は思った。

「家を売りに出そうと思って」

「ああ……そうなの……そうよね、長い間ほったらかしにしてるものね」

おばさんはコーヒーをひと口飲んで、彼女に言った。

「ねえ、これ、すごくおいしいでしょ？　あたし、一日に五杯は飲んでるわよ」

ご飯をまずそうに食べていたおばさんがなぜこれほど太ったのか、わかるような気がした。彼女は砂糖とミルク入りのインスタントコーヒーがあまり好きではなかった。彼女の残したコーヒーまでも飲み干したおばさんが口を開いた。

「まあ、雪が降ってる」

口調のせいか、てっきりおばさんは嘘をついているのだと思ったが、違っていた（考えてみたら、いったいどこの誰がそんな見え透いた嘘をつくだろうか。何のために？）。嘘ではなかった。窓の外を見やると、雪が、ぼたん雪が、降っていた。

その晩、彼女は駅に行って列車に乗ろうとしたが、無駄足だった。雪のため列車が運行を中止したというのだ。駅まで同行してくれたおばさんがそう言った。なんだかものすごく悔しそうに、いまにも泣きそうな顔で。何が悔しいのだろう。彼女が無駄足を踏んだことが？ その晩、彼女が自分の家に帰れなくなったことが？

「うちで一晩泊まるしかないわね」

彼女はおばさんが困っているのがわかった。当然だろう。おばさんの家には部屋が二つあるが、一つはおばさんが使い、もう一つは倉庫にしていると言った。彼女はおばさんの家に引き返した。おばさんは台所とリビングの境目の、幅がやや狭くなった通路に立ち、そこで両腕を伸ばして壁を引っ張った。よく見ると、それは壁ではなく、引き戸の取っ手だった。不透明のガラス戸が閉まり、そして開いた。

彼女はリビングの床に座り、おばさんは台所側にいたので、少しのあいだおばさんは彼女の視界から消え、そしてまた現れた。

部屋に変身したそのリビング（いや、部屋がリビングに変身したと言う**べきか**）こそが、その晩、彼女の寝るところだった。床暖房があまりきいていなかったので、彼女はおばさんから借りたTシャツに、腰にゴム紐の入ったズボンをはき、その上に自分のコートをはおった。おばさんに借りた服からは古くなったナッツの匂いがした。彼女は（やはりおばさんが敷いてくれた）布団のなかに入った。

おばさんはもう眠ったようだった。隙間風のせいで窓がガタガタ揺れた。彼女は起き上がって、そっと窓を開けた。冷たい風に当たって頬がひりひりした。ぼたぼた降る雪片は、風に飛ばされることもなく、積もった雪に混ざっていった。硬くて冷たい雪のかたまりの一部になるために、そうやってこの地に足跡を残すために、消えずに地上にしがみついているために。ほど近いところに街路樹があった。そのそばには低い屋根の家や、雑に塗ったコンクリートの壁に窓が一つついている家があった。彼女はてっきりどれも空き家だと思っていたが、違った。「なに言ってるの、人が住んでるわよ。流れ者が。この町にいるのは流れ者ばかり」。夕食のとき、おばさんが言った。人が去っていったところに、また別の人がやってくる……。彼女は窓を閉め、布団のなかに入った。寒さのあまり、腕を組んで身を思いきりすくめた。

　息子と一緒に暮らしているんじゃなさそうね。目を閉じたまま、彼女は思った。小学校に入ったとき、彼女は初めておばさんの息子に会った。その子は二年生だったが、わざわざ彼女のところに来て話しかけた。「やあ。きみが金持ちばあさんの孫か。うちの母さん、きみんちで働いてる」。短く切ったひどい天然パーマの髪はツンツン立っており、背丈は彼女とおなじくらいだった。着ている服の袖は擦り切れていた。彼女の母はその子がおばさん――つまり、その子の母親――から、ろくに面倒を見てもらっていないらしいと言っていた。「おばあちゃんのせいで？」彼女がそう訊くなり、母は彼女のほっぺたをつねって言った。「わあ、なぜそう思ったの？　あたし、いますごく驚いてるんだけど」。おばさんの息子は目鼻立ちがはっきりしている方だった。もちろん、彼女は母にそんなことは話さなかった。ただこう言った。「頭のかたちがハリネズミみたい。背も低いし。いつも穴の開いた靴下をはいてるの」。母は彼女に、その子に親切にしてやるのよと言い聞かせた。「お母さんはおばさんと仲良くしないじゃない」。その言葉が彼女の喉まで出かかった。まもなくして母が出ていったとき、彼女はそう言わなかったことを悔いた。

　彼女の母は何も言わずに「行った」が、彼女は母の言いつけを守った。つまり、おばさんの息子に親切にしなさいと言われたことを。彼女は自分の筆記用具やノートなどを彼にやった。それから、櫛をプレゼントした。ハリネズミみたいな頭を落ち着かせるために。ハンサムな顔がよく見えるように。放課後はよく一緒に帰った。ふたりとも友達を作るのがあまり上手ではなかった。理由はまったく違うと思っていたが、実は似ていた。ひとりはシングルマザーの息子で、もうひとりは町で一番金持ちの家の孫娘であると同時に、母親から捨てられた娘だったから。言葉にはできない連帯感、仲間意識のようなものがふたりのあいだには存在した。

　時折彼からおばさんの話を聞くと、彼女は戸惑った。おばさんのイメージがあまりに違っていたからだ。「母さんはいつも疲れてて、寝てばかりなんだ」。彼は（彼女と違って）テレビをよく観たし、ときには子どもが見てはいけない番組も観た。例えば、死体にまつわるドキュメンタリーとか。人間は死ぬと土に埋められて腐っていくということを知った彼は、そのせいで一時期思い悩んでいた。「体が腐るのはいやだ。怖すぎるよ」。当時の彼女はそんなこと——死とか、死体とか——には興味がなかった。ある日、彼が言った。「火葬すればいいんだって」。彼女が彼の顔を見ると、彼は話を続けた。「死んだあと燃やすんだって。そしたら腐らないって、母さんが言ってた」。彼女は燃やす方がもっと恐ろしいのではないかと思ったが、頷いて見せた。彼は彼女の思っていることに気づいたのか、またこう言った。「うちの母さんは僕のこと愛してくれてる。だって僕と一緒にいるから」。そう言われると、彼女は何も言い返せなかった。

そんなふたりのつきあいも長くは続かなかった。そのうち彼女は友達の輪のなかに入っていき、彼は本当にひとりぼっちになった。

彼女が中学生だったある日、夕ご飯を食べているときに、祖母がおばさんの息子が中学を中退したと言った。「血は争えないね」。そう言ってから、祖母は彼女の方をちらっと見た。おばさんはおそらく台所で聞いていたはずだ。そのとき彼女は何を思っただろう。母が出ていったあと、彼女はとにかく祖母に気に入られようと必死だったが、その頃にはもうそんな努力をするのもやめていた。それでも祖母が少し不服そうな顔をすると心臓が縮こまりそうになった。

あ、そうだ。彼女の頭にもう一つの記憶が浮かんだ。

おばさんの息子がリビングにあるピアノを弾いたことがあった。いつだったっけ。たしか私がまだ小学生だった頃……。ああ、思い出した。その日、祖母は朝から出かけ（彼女は祖母がどこに行ったのか知らなかった。おばさんはたぶん知っていたと思う）、放課後、おばさんが息子を祖母の家に連れてきた。その子を連れてきたのは初めてではなかった。彼女がその家で暮らす前まではごくふつうのことだった。その日、彼女はその子と一緒にテーブルを囲み、おばさんが用意してくれたご飯を食べ、一緒にリビングに座ってテレビを観た。ふとその子がピアノを見ながら、自分もピアノが弾けるのだと言った。彼女がピアノの蓋を開けてやると、その子は鍵盤をたたきはじめた。難しい曲ではなかった。でも、うまかった。とても上手だった。まったくミスがなかった。もしその場に彼女のおかっぱ頭の先生がいたら、その子の手をたたいたりはしないだろう。だからこの子は屈辱を覚えることもないだろうと、彼女は思った。台所のドアにもたれてそのようすを見ていたおばさんが拍手をした。それだけだった。……ところがその晩、そのことを祖母が知った。その後どうなったか。どのような処置が取られたのか。何もなかった。なぜ処置が取られなければならないのか。それに関して祖母は何も言わなかった。血は争えないね、という祖母の声が彼女の耳元に響いた。彼女の閉じたまぶたに光線が浮かび、その光の群れが曲がり、流れ落ち、点々と散らばっていった。冷たい空気が骨の髄にまで染み透ったように、体じゅうがぞくぞくした。

「まあ、風邪引いたの？　すごい熱よ」

　彼女が意識を取り戻したときには、すでに太陽が昇り、雪はやんでいた。気温はさらに下がり、道は凍りついていた。出勤の支度を終えた（おばさんは市内のスーパーに行くことを出勤すると言った）おばさんは、彼女の顔をのぞきこんで頭を振った。

「都会っ娘は免疫力がないのね。ここの人たちなら、これくらいの寒さでやられることはないわよ」

　そう言いながらおばさんはリビングに電気カーペットを敷き、布団も運んできた。そしてしばらく台所でせわしくしていたかと思うと、リビングに戻ってきて彼女の額に濡れタオルをのせた。

「薬、ここに置いとくわよ。お粥も作ってあるから、無理にでも食べるのよ。空きっ腹に薬を飲んじゃだめよ」

　体の隅々にまで襲ってくる痛みと疲労感で、彼女は意識を失っていた。彼女は目を閉じたまま、おばさんが出かける音を聞いた。彼女が眠りかけているとき、再び玄関のドアが開いて、おばさんが家のなかに入ってくる気配を感じた。彼女は自分を見下ろしているおばさんに何か言おうとしたが、睡魔には勝てなかった。

彼女が目を覚ましたのは、正午を少し過ぎた頃だった。家のなかを流れる空気は相変わらず冷たかったが、電気カーペットの上はぽかぽかで、おかげで体は汗でびっしょりだった。おばさんが額にのせてくれたタオルはそばに滑り落ちていた。彼女は上半身を起こし、壁にもたれた。朝おばさんが置いていった瓶薬とコップが見えた。昼の陽ざしに照らされたリビング（部屋と言うべきか。やはりよくわからない）は、がらんとして荒《すさ》んでいた。まだ体のあちこちが疼いたが、熱は下がっていた。彼女は汗を拭こうとしてやめた。**気化**。汗は蒸発してしまうものだから。それは自然の理《ことわり》だから、そのままにしておく方がよさそうだった。彼女はバッグのなかから携帯電話を取り出した。バッテリーがもう残り少ないのに、充電器を持ってきていないことに気づいた。彼女はリビングの引き出しを開けた。一つくらい使っていない充電器があるのではないかと期待しながら。引き出しにはありとあらゆるものが入っていた。携帯型ランタン、各種プライヤのような工具……そのなかで彼女が見つけたのは、充電器ではなく写真立てだった。一番上の引き出しに小さな写真立てが六つ、裏向きに積まれていた。彼女はそれを取り出して床に並べ、一つ一つひっくり返してみた。どの写真にもおばさんと息子が写っていた。幼い息子が青年になるまで、親子ふたりが生きた時代の真髄が込められた写真を選りすぐったかのようだった。ふと、彼女は思った。私の母の引き出しにもこのような写真があるだろうか、と。はっ、笑いが漏れた。ないだろう。ないに決まっている。いちばん下の写真には息子がひとりで写っていた。二十代半ばだろうか。彼女はその写真をしばらくのぞきこんでいたが、急に立ち上がった。くらくらして、バランスを崩しそうになった。彼女は引き戸を開け、木製の古いシンク台とテーブルの前を通り、おばさんの部屋の前に立った。そしてドアの取っ手をつかみ、右にまわした。

おばさんの部屋にはタンスとベッド、それからガラス張りになった五段の飾り棚があった。部屋のなかはなんとなく落ち着かなかったが、彼女はそこにある家具の調和がとれていないせいだと思った。タンスが大きすぎた。扉は五つもあったし、ベッドの向かいの壁を全部埋めていた。もう片方の壁の窓をさえぎっている飾り棚は奥行きがあり、前に飛び出ていた。広いスペースを家具が占めているため、ゆったり座っていられるだけの空間がなかった。飾り棚のなかには古い書籍やＣＤ、使っていない食器、編みかけの毛糸などがつめこまれていた。ベッドはきれいに整えられており、窓には安っぽい絵柄のカーテンが掛かっていた。ドアのすぐそばには、彼女の背の高さほどの屏風が折りたたんで立てかけられていた。

　あちこち探したが充電器は見当たらなかった。彼女は探すのをあきらめ、おばさんの部屋を見渡した。ふと、飾り棚の一番下の段に視線が止まった。一番低いところなので、なかをのぞくためには屈まなければならなかった。彼女は膝をついて、そこのガラス戸を開けた。Ａ４用紙を半分に折ったぐらいの分厚い紙にプリントした写真が一枚入っていた。リビングの引き出しに入っていたおばさんの息子の写真より、もう少し大きなバージョンの証明写真だった。何重にも折りたたまれていたせいで、写真のなかの顔はしわだらけだった。彼女は元通りに写真を折り、手でぎゅっぎゅっと押してから、飾り棚の奥の方に押し込んだ。ところが、何か硬いものが手に当たった。彼女はもう少し奥の方に手を伸ばしてみた。奥行きがあるので肘まですっと入った。彼女は手に当たったものを取り出した。バイオリンだった。バイオリン？　そうだ。彼女の名前が刻まれているバイオリン。弓もケースもなく、楽器だけがぽつりと。なぜこれがここに？　彼女は他の段のガラス戸も開け、また手を入れて中をまさぐった。がらくたをかき分けていた彼女の手にフルートが当たった。やはりケースはなく、楽器だけがぽつりと。なぜこれがここに？

　彼女はしばらくバイオリンとフルートをぼんやり眺めていたが、それらをもとの場所に戻すことにした。がらくたも戻した。彼女が触れる前の状態にした。それからタンスの前に立ち、取っ手を引っ張った。タンスの扉には鍵がかかっていた。タンスに鍵がかかっているのはめずらしいこと？　いや、違う。

　彼女は倉庫になっているという部屋の取っ手をまわしてみた。そのドアもやはり閉まっていた。おかしなことにそのときから、彼女は心臓がドキドキしはじめた。

　彼女はリビングと台所の間の引き戸を閉めて、再び布団のなかにもぐりこんだ。祖母がおばさんに楽器を渡したのだろうか。でも、いつ？　いったいなぜ？　祖母の家には、おばさんが触れてはいけないものがあった。楽器はそのうちの一つだった。なのにどうして？　彼女は細い鞭が宙を裂く音を覚えていた。密かに、無慈悲に、彼女の手の甲を打ちつける細い弓のような感触。これは記憶の抑圧か。それとも記憶の過剰か。「子どもの頃に虐待を受けたと思っていても、実はそうじゃなかったというケースが結構あるんですよ」セラピストは言った。彼女は頷いた。ああ、そうだった。あのとき、おばさんの息子がピアノを弾いた一週間後に、祖母はピアノをもう一台買った。「これからはこれがおまえのピアノだ」。おばさんの息子が触れたピアノは、その後二度と蓋を開けられることはなかった。誰もそれに触れることができなかった。それはそこにそのまま**放置**された。そうだった。だから彼女がその家を出ていくときも、その家のリビングにピアノが二台あった……。そう、そうだった。どうして忘れていたのだろう。信じられない。忘れていたなんて。

　ここに戻ってくるんじゃなかった。

　彼女は立ち上がり、荷物をまとめた。仲介人に任せれば済むことだ。彼らは鍵を開けて祖母の家に入るだろう。きれいに片づけたら売り物になるかもしれない。あるいは、家を必要としている人に譲ることもできるだろう。例えば親に捨てられた子どもとか、親を捨てた子どもとか……。

　そのとき、ドアの開く音が聞こえた。どうしたわけか彼女は素早く布団のなかに入ると、ドアに背を向けるようにして横になり、固く目をつむった。心臓がばくばくしていたので、おばさんに聞こえたらどうしようと思った。もちろん彼女は知っていた。ありえないということを。おばさんが彼女の手首をつかんで脈拍を測らないかぎり、彼女の胸に手を当てないかぎり、おばさんは彼女の心臓がどのように鼓動しているかなんて知るはずもない。おばさんがリビングと台所をつなぐ戸を開け、彼女の方に近寄った。そして、電気カーペットが温かいかどうか触ってから、彼女の額にそっと手を当てた。おばさんの手があんまり冷たかったので、彼女はあっと声を出しそうになった。

「一日じゅう寝てたの？　何も食べずに？」

　彼女はおばさんに勧められてしぶしぶテーブルの前に座った。おばさんは温めたお粥を運んできた。

「大丈夫です。食欲がなくて」

「ひと口だけ、ひと口でいいから食べてごらん。そしたらもっと食べたくなるわよ」

おばさんはそう言ってから、彼女に向かってにっこり笑った。とろそうじゃない？　いい人かもしれないけど。彼女は母がそう言っていたことを思い出しながら、お粥を少しすくって口のなかに入れた。果たしておばさんの言うとおりだった。まったくお腹がすいていなかったのに、口のなかに食べ物を入れるなり、まるで一日じゅう飲まず食わずでいたかのように食欲が湧いた。でも、おばさんにそれ見たことかと思われるのが嫌で、慌てて口にお粥を押し込みたいのをどうにか抑えながら、できるだけゆっくり嚙んで食べた。

「ソウルに戻らなくてもいいの？　あ、別にあんたがここにいるのはいいのよ。ほら、仕事とか、そういうのは大丈夫？」

「はい」

「そう」

おばさんは焦っているように見えた。どうして？　彼女はふと、そんなことを考えた。ううん、焦っているのは私の方かも。

「明日、もう一度行ってみようと思います」

おばさんはほほ笑んだ。まるで彼女の言ったことが聞き取れなかったかのように。だがその瞬間、その言葉に一番驚いたのは、おそらく彼女自身だった。

「どこに？」

「祖母の家に。鍵屋さんを呼ばないと」

彼女はもう自分の言ったことに驚かなかった。ときには口からぽろっと出た言葉――言った本人すらびっくりするような――が、頭のなかで考えていることを圧倒するときもあるのだ。

「そんな必要ある？」

そんな必要ある？　彼女はもう祖母の家のことを話したくなくて、話題を変えた。

「息子さん（「息子」と言う代わりに「息子さん」と呼ぶことにした）はいまどちらに？」

「どこにいるかって？」

「はい」

「どこにもいないわよ」

彼女はどういう意味かわからず、おばさんの顔をじっと見つめた。

「死んだの」

「あ……」

「ああ、慰めなくていいのよ。もう昔のことだし、あの子は十分に生きたから。もう忘れちゃったわよ」

おばさんは立ち上がってシンクの方に歩いていった。そして彼女に背を向け、布巾でやかんをゴシゴシ拭きはじめた。彼女は考えた。おばさんはなぜいまもここに住んでいるのだろう。何か企みがあって、流れ者しかいないこの町に残っているのだろうか。おばさんの息子は火葬だったのだろうか。それとも埋葬？　そのとき、おばさんが急に尋ねた。顔を見なくてもほほ笑んでいるのがわかった。雲の上で鳥がパタパタ羽ばたいているような声。

「あんたのお母さんは元気？　会ったりしてる？」

「いいえ」

「死んだの？」

「あ、いえ、生きてます。会ったことはないですけど。一度だけ電話で話しました。もうずいぶん前に。亡くなったら私に連絡があるでしょう」

「いい人だったわね」

　しばらくふたりは黙ったまま、それぞれのこと――やかんを拭いたり、お粥を食べたり――に没頭した。やがておばさんが口を開いた。

「でも、いるわよね。寡婦のままでは絶対に生きられない人って」

　彼女は自分がいまどんな顔をしているのか気になった。あのときの母親のように青ざめているかもしれない。どうでもいいことなのだが。彼女の母はその後、二回も結婚した。祖母が生きているときに一回（母はこれ見よがしに、祖母に招待状を送りつけた）、祖母が亡くなったあとにもう一回。

　おばさんが彼女に訊いた。何の感情もこもっていない声で。

「ところで、おばあちゃんの家には何を探しに来たの？」


　その晩、彼女は音で目を覚ました。何かが開いて閉まる、ギーっときしむ音。真っ暗闇のなかで何も見えなかったので、彼女は少し怖くなった。昨夜は窓の外から光が差し込んできたのに。街路灯が消えているのだろうか。もちろん、目を凝らしているうちに物の輪郭が見えてくることを、彼女は知っていた。**暗順応**——自然の理だ。つまり、きちんと作動する自然の理。しばらくして彼女はそうっと、ふらつきながら起き上がった。そしてリビングと台所に通じる戸を開けた。台所にある物は眠っているように見えた。不吉だけれど、同時に保護されているような静寂。倉庫にしているという部屋は閉まったままだったが、おばさんの部屋には鍵が掛かっていなかった。

部屋のなかには誰もいなかった。おばさんはどこへ行ったのだろう。一瞬ためらったが、彼女は暗い部屋のなかに入っていきタンスの取っ手を引っ張った。

タンスには鍵がかかっていなかった。

彼女は五つの扉を順番に、ゆっくりと開けた。そして何度か瞬きをした。彼女は手探りで電気のスイッチをつけた。明るい灯りのもと、大きく開いた扉の前に立っていると、彼女はなんだか気後れした。そこには祖母の服が掛かっていた。ぎっしりと隙間もないほど。祖母が生きているときに着ていた韓服《ハンボク》が数十着と、カシミヤコートなど。それからコッシン［韓服を着るときにはく靴］と革靴。祖母の使っていた日傘やバッグなどがタンスのなかにきれいに収納されていた。この家の他の部屋に何があるのか、もう言われなくてもわかった。それらの服と靴とバッグを身につけて自分を見ている祖母の姿を、彼女ははっきりと覚えていた。タンスのなかの服は、とくに手入れされているようにも見えなかったが、かといって着古した形跡もなかった。五番目の扉のなかは半分ほど空いていた。「何を探しに来たの？」おばさんはそう訊いた。ああ、そうか。彼女はおばさんがどこに行ったのかわかるような気がした。彼女はナッツの匂いがするパジャマの上にコートをはおった。そして、リビングの引き出しから取り出した携帯型のランタンをポケットに押し込むと、訳もわからず外に飛び出した。

冷たい風が容赦なく頬をなぐったせいで、彼女の目に涙がたまった。耳がちぎれそうだった。彼女は少しでも寒さから身を守ろうと、思いきり体をすくめて歩いた。もっと服を着てくればよかったと後悔した。でももう後戻りはできない。彼女は、目的地に着くまで決して立ち止まったり倒れたりするまいと自分に言い聞かせた。だが、どちらも守れなかった。道が凍っていたので何度も転んだ。あとで見ると、お尻とふくらはぎに青いあざができていた。手が凍りついていたが、転ぶと怖いのでポケットに入れることもできなかった。ようやく向こうの方に祖母の家が見えはじめた。昨日の昼に見たときはとくに悪い印象はなかったのに、暗闇のなかでは違った。まったく違って見えた。つまり、印象が悪かったということ？　いや、そうではない。家は貧相でもなければ、みすぼらしくもなかった。むしろ鮮明に、はっきりと、自分の存在をアピールしていた。まだ生きてるぞ、ここにこうして生きてるんだぞ、と言っているかのように。彼女はゆっくりと家に近づいていき、鉄製の門の隙間に体を押し込んだ。周囲は暗かったが、まだ携帯型のランタンをつけてはいけないと思った。彼女は転ばないようにゆっくりと、腐臭を放つ庭を通って玄関の方へ向かった。玄関の錠は片方の輪に掛かっており、ドアは少し、ほんの少し開いていた。彼女はその隙間に体を押し込んだ。

十年ぶりに、十年ぶりに彼女は祖母の家に戻ってきたのだ。

外ほどではないが、家のなかも寒かった。吐く息が白かった。手が凍っていたので、ポケットから取り出そうとしたランタンを床に落としてしまった。大きな埃のかたまりが床のあちこちで転がり、腐った木とカビの臭気がうっすらと漂ってきた。彼女は背筋を伸ばしてランタンをつけた。小さくてまるいオレンジの光のなかに、祖母の家のリビングが隅々まで入ってきた。十年前とほとんど変わっていなかった。全面窓と向かい合っているやや色褪せた革のソファと、その下に敷かれた羊毛《ウール》のラグ、陳列台と並んで置かれている二台のピアノ。ピアノは双子のようにおなじモデルだったので、祖母はいつも彼女に言いきかせた。「右側がおまえのピアノだ。左側のピアノは触るんじゃないよ。絶対に、指一本触れるんじゃないよ」。彼女は祖母が家にいてもいなくても、触りたいと思わなかった。

　ランタンでリビングの隅々まで照らしながら、彼女は一階の祖母の部屋に入ってみた。ベッドは垢じみ、部屋のなかは埃だらけだったが、家具の配置は変わっていなかった。飾り棚に入っていた小さな写真立ても装飾品もそのままだった。彼女は祖母の部屋の奥に続く、もう一つの部屋に入っていった。祖母の衣裳部屋。もともと服でいっぱいだったのに、何着かぽつぽつ残っているだけだった。それもそのはず、おばさんが自分の家に持って帰ったから。でも、いったい何のために？　おばさんはなぜそんなことをしたのだろう。自分が着るわけじゃないのに。ましてや売るつもりでもないのに。彼女はタンスの五番目の扉のなかがなぜ空っぽだったか、わかるような気がした。夜が明ける前に、おばさんはこっそり祖母の所持品を戻しておこうと思ったのだ。いまぽつぽつ掛かっている服は、おばさんがさっきここに来て掛けたのだろう。おそらく一晩じゅう、何度も行き来するつもりに違いない。夜が明ける前に、彼女が錠を外して入ってくる前に、すべてをもとどおりにしておこうと。いま頃おばさんは、また服を持ってこっちに向かっているところだろう。

　ランタンで照らしながらリビングに戻った彼女は、廊下を通って二階に上がった。六歳から十九歳まで使った部屋。彼女はランタンを持った冷たい手に息を吐きかけた。それから、幼い頃に使っていた勉強机の前に立った。息をふーっと吹きかけると、埃がもくもくと立ち上がり、咳が出た。彼女は机の上にランタンを置き、いすに座って腕を組んだ。小さい頃こうやって、灯りのもとで日記を書いたことを思い出した。ソウルに引っ越すときに日記帳は全部燃やしてしまった。なぜだろう。いったい何が自分を慌ててここに来させたのか、夢中にさせたのか、彼女自身もわからなかった。いったいどうして。なぜ私はここに来たのだろう。おばさんが祖母の服をどこに持っていこうとかまわないじゃない。馬鹿だった。彼女はおばさんの家に帰りたくなった。温かい電気カーペットの上でひと眠りしたかった。そのとき、下の階で音がした。彼女はランタンで照らしながら忍び足で下りていった。

猫だった。

小さな三毛猫が毛を逆立てて、彼女を威嚇しようと構えていた。

「にゃんこちゃん、私を脅かそうたって無駄よ」

彼女はかがんで言った。猫は彼女を拒むかのように、さらに毛を逆立てた。そのとき、今度は外で音がした。鈍くて不吉な音。彼女は玄関の方に走っていった。おばさんが外から玄関のドアに錠を掛けようとしていた。彼女は叫びながら玄関のドアをたたいたが、おばさんは聞こえないふりをした。彼女はリビングの全面窓の方に行ってカーテンを開け、ロックを外し窓を開けようとした。ところがどうしたわけか、窓は彼女の腕が入るくらいしか開かなかった。彼女は思いきりこぶしで窓をたたいた。

しばらくして、窓の外におばさんが現れた。ずいぶんと着込んだおばさんは、大きな雪だるまのようだった。黒い大きな雪だるま。しかし、そんなものが存在するのだろうか。

「どうして？　なぜドアを閉めるの？」

「あたしにもわからない」

おばさんは気が動転したように、もごもご答えた。

「開けてください。ああ、お願い。ここは寒すぎる」

おばさんのそばには大きなかばんがあった。

「祖母の服、あげるから。バッグも靴も、全部。この家のもの、みんなあげる」

おばさんはしばらく彼女を見ていたが、やがて口を開いた。いつものように優しい口調で。まるで雲の上でパタパタ羽を動かしている鳥のような声で。それでいて、どこか彼女を軽蔑しているような感情をこめて。

「あんたも知ってるでしょ。あたしはそんなもの必要ないのよ」

「じゃあ何が必要なの？」

彼女の問いにおばさんはほほ笑んだ。彼女の目にはそう映った。まるで答えに困っているような、照れているような笑み。「あんたが知らないはずないでしょ」と言っているような。

「お願いだからここを開けてください。寒くて死んでしまいそう」

彼女は冷たい風がナッツくさいパジャマのなかに入ってくるのを感じながら、訴えるように言った。

おばさんはしばらく突っ立ったまま、目をしばしばさせた。そして手で鼻を擦った。

「あたしもね、いつかはあんたみたいな孫娘ができるだろうって思ってた。男の子でもいい。とにかく、そんな夢を見たことがあったのよ。誰かがあたしを、おばあちゃんって呼んでくれるだろうって」

「お願い……お願いだから、私をここから出して」

彼女は窓の隙間に手を入れ、おばさんの腕をぎゅっとつかんで言った。おばさんはそんな彼女の手をじっと見下ろしながら思いに耽っていたかと思うと、また口を開いた。

「あれはいつだったか、たしかあんたのおばあちゃんが死んで二年経った頃……急にうちの息子の具合が悪くなってね。初めはひどい風邪かなって思ってた。でも薬がいっこうに効かないから、病院に連れていったのよ。そしたら、もう手遅れだって」

彼女は首を横に振りながら、蚊の鳴くような声で言った。

「息子さんが亡くなったのは、私も悲しいです。でも……」

彼女はそれ以上、どう言葉をつなげたらよいのかわからなかった。

「病院で一枚の紙を渡されたの。そこにはこう書かれていた」

おばさんはそこで口を閉じ、鼻をそっとぬぐった。

「原因不明の敗血症。信じられる?」

彼女は必死で首を横に振りながら言った。

「おばさん、お願い。ドアを開けて。私を置いていかないで」

「あたしも自分がいま何やってるのかよくわからないのよ。もしかしたらあたしの勘違いかもしれない。きっとそう。でも今晩だけは、あんたを閉じ込めておきたいのよ」

おばさんは自分の腕をつかんでいた彼女の手をゆっくりと解いてから、かばんはそこに置いたまま、振り返って鉄製の門の方へ歩いていった。非情なほど容赦ない足どりで。彼女は力いっぱい窓をたたき、大声を出したけれど、おばさんは一度も振り返らなかった。やがて、おばさんは彼女の視界から完全に消えた。彼女は両手で思いきり全面窓を押したが、びくともしなかった。

三毛猫はもう彼女を威嚇するのをやめた。あたかも彼女の無力さに気づいたかのように。窮地に追い込まれた、気にかける価値すらない人間であるかのように。彼女の周りをうろついていた猫が、ひょいとピアノの上に飛び乗った。かつて彼女のピアノだったが、あるときから触れることすら禁じられたピアノ。彼女は温まろうと羊毛ラグの上でうずくまった。汚れた羊毛ラグも冷たいのはおなじだった。全面窓の隙間から冷たい風が入ってきた。それと、風の音。凍え死ぬようなことはないだろう。おそらく。「物事の明るい面ばかり見る必要はないですけど、かといって暗い面ばかりを見るのもよくないですね」。彼女はセラピストの言ったことを思い出した。「あなたには状況を誇張して話すくせがあります」。はぁ？　状況を誇張するですって？　祖母が死んだとき、彼女はときどき夢を見た。夢のなかで祖母は彼女の部屋に入ってきて、バイオリンの弓を眠っている彼女の肘に振り下ろした。セラピストは、それは実際に起こったことではないですよね？　と言った。「はい」彼女はいつもそう答えた。

彼女は顔を上げて、玄関口にずらっと掛かっている遺影写真を眺めた。祖父、祖父の父、祖父の母。おそらく祖母は、死んだら当然その隣に自分の写真が掛けられると思っていたはずだ。「あの方たちがいるから、おまえがここにいるんだよ。ようく覚えておきなさい」。母が家を出ていったあと、祖母はほぼ毎日、朝ご飯を食べるときに彼女にそう言い聞かせた。そうだった。彼女は、このままだと手も頬もだんだん冷たくなっていくだろうと、そしてある瞬間に熱が一気に高くなるだろうと思った。太ももに得体のしれない痛みが走った。じっとしてちゃだめ。彼女は立ち上がった。そしてピアノの方に歩いていった。そう、触るのを禁じられていたピアノの方に。彼女は祖母の家を出てから、一度もピアノを弾いたことがなかった。バイオリンを弾いたことも、フルートを吹いたこともなかった。正直言って、楽器の演奏を聴くのもうんざりだった。過敏反応であることは彼女自身もよくわかっていた。彼女がピアノに近づくと、その上にいた猫がぴょんと床に飛び降りた。彼女はピアノの周りをぐるっとまわりながら、本体を指ですっと撫でた。二十年ぶりだった。つまり、このピアノも二十年ぶりに誰かの手に触れたということになる。彼女が指を這わせたところに長い道ができた。埃が、汚い埃が、冷たい空気のなかに散らばったり、手にくっついたりしたが、彼女はそれをぬぐおうとはしなかった。彼女はピアノの前に立ち、両手でゆっくりと蓋を開けた。なんてこと。彼女は歯を食いしばっていた。あまりにも簡単に開いたから、あきれるほどさっと開いたから、開いた口が塞がらなかった。彼女は人さし指をピアノの鍵盤の上にのせ、ちょっと力がかかるだけで壊れてしまいそうなそれを、ゆっくりと下に押した。

　ずっしりした感じ。おかしい。音が出ない。三つの鍵盤を順番に押したが、音がしなかった。今度はでたらめに鍵盤を押してみた。音の出る鍵盤は一つもなかった。彼女はピアノの屋根を開け、ランタンの灯りで中をのぞいてみた。弦が切れていた。隣のピアノの屋根も開けてみた。やはり弦はすべて切れていた。

　彼女はおばさんの家の引き出しにあった工具と、彼女のバイオリンとフルートを思い出した。

おばさんがピアノの弦を切ったんだ！　でもなぜ？　祖母が生きているときではないはずだ。ありえないことだ。おばさんの息子が死んだあとだろうか。息子の死後、眠れないおばさんは、ふとこの家に来ようと思った。もう誰も住んでいない、放置されていたこの家に。おばさんはそうすることができた。鍵を持っていたから。祖母の他に一番長くこの家に住んだのはおばさんだったから。この家の主《あるじ》ともいえる人だったから。あ、違う。おばさんは決してこの家の主ではなかった。

おばさんはいまの彼女みたいに憐みを誘う体型だった。肉づきもよくなかった。おばさんの人生で最も痩せていた時期だった。「そんなんじゃ倒れてしまうわよ」とおばさんを見た人たちは口々に言った。自分がなぜこの家にこれほど急いで駆けつけたのかも、何が自分を呼び寄せたのかもわからないまま、おばさんは焦り、動揺しながら、誰もいないリビングを歩きまわる。やがておばさんの視界にピアノが入ってくる。息子がたった一度触っただけなのに、この家の主は死んでも忘れないように剥製にした。剥製。自然の理に反することだ。おばさんはプライヤを使ってピアノの弦を全部切ってしまった。どこの誰が来ても、鍵盤をたたいても、決して音が出ないように。この家の主が墓のなかで生き返っても、このピアノからは絶対に音が出ないようにしてください、とおばさんは声に出して祈る。弦を切ったあと、おばさんは再びこの家のリビングを歩きまわる。何をするべきか。何が**できるのか**。おばさんは祖母のドレスルームに入る。そして祖母の服を一つ一つハンガーから外す。さほど多くはない。ほんの数着。そしてそれらを自分の家に持って帰る。次の日の夜、おばさんはまた家を出る。なぜそうしなければならないのかわからないのに、また祖母の家に行き、さらに服を何枚か持って帰る。決して慌てない。長い時間をかけてゆっくりと、ゆっくりと、祖母の服とバッグと靴……などを自分の家に運ぶ。ついには、この家の孫娘のバイオリンとフルートまで持っていく。なぜそうしなければならないのかわからないまま、それが自分にとってどんな意味があるのかわからないまま、ただ込み上げてくる感情を静めようと、惨めな気分にならないようにと、死なずに生きようと、おばさんはそうし続ける。

　彼女はついに一つのことを思い出した。あのときのこと。おばさんの息子がピアノを弾いたことを、祖母はどうやって知ったのだろう。それは、彼女が祖母に話したからだった。

　彼女は体がぶるぶる震えた。寒かった。手足がしびれ、感覚がなくなっていった。ふと、高校生のとき部屋に煙草とライターを隠したことを思い出した。そうだ。温もり。ほんの少しの温もりがあればいい。彼女は机の引き出しからライターを取り出した。まだ使えるだろうか。使えた。彼女はライターをつけて温まろうとしたが、とうてい無理だった。彼女は本棚にある本を取り出して、一階のリビングに持って下りていった。三毛猫はじろりと彼女の方を見やると、全面窓の開いた隙間からすり抜けて外に出た。彼女はカーテンをしめ、持ってきた本を破ってラグの上に積み上げた。手がかじかんで思うようにいかなかったが、必死でライターの火を紙につけた。火はつくなり消えた。あきらめちゃだめ。彼女は台所に行って、テーブルランナーを何枚か持ってきた。そして紙の上にのせ、再びライターの火をつけた。さっきよりは長くついていたが、またすぐに消えてしまった。今度はリビングの引き出しを一つ取り出して、ライターで火をつけようとした。またしても失敗に終わった。だが、少しの間だけ温もりが彼女を包んだ。自信がついた。彼女は小さな火が残っている引き出しを、ラグの上に積んである本とテーブルランナーの方に投げ、祖母のドレスルームに行った。服を重ね着して（なぜもっと早く思いつかなかったのだろう、と彼女は思った。彼女のセラピストが見ていたらこう言っただろう。「あなたはときどき先が見えなくなりますね」）。祖母の部屋で燃やせそうなものを探しているとき、ふと何かがおかしいと思った。変だった。温もりのある空気（彼女はしばらくその正体について考えた）が、彼女のからだ全体を少しずつ包み込んでいた。何かがかすかにぶつかる音と、鼻をくすぐる匂い。彼女はいつだったか読んだ本の一節を思い出した。人間は体温が下がりすぎるとむしろ体が熱を発すると、だから凍傷で死んだ人のなかには裸で発見されることもあるのだと。彼女は、どんなに熱くなっても服だけは脱ぐものかと思った。だが違った。そうじゃなかった。彼女はリビングに行った。カーテンに火がついていた。裾の辺りで燃えていた炎は、上の方にまで伸びていった。彼女は手に持っていた祖母のコートで火を消そうとしたが、かえってコートに燃え移ってしまった。熱くて（さっきまであれほど望んでいた火なのに！）、彼女はコートを放り投げた。火は一瞬にして、ラグと、積んであった本と、テーブルランナーの上に広がった。それからソファにも。そのとき彼女の頭のなかにこんな一文がよぎった。

　この家には水がない。

　人が住んでいないのだから水があるはずがない。

「助けて！」

　彼女は玄関の方に行って、狂ったようにドアをたたきながら叫んだ。外に誰もいないと知っていながら、そうせずにはいられなかった。錠の掛かった玄関のドアが、取っ手をがちゃがちゃまわしているうちにほんの少し隙間ができた。彼女はもどかしくてたまらなかった。リビングの奥の方で何かが壊れる音がした。煙のせいで彼女は息が詰まり、意識を失いそうになった。熱気が強くなるにつれ、煤や小さな火花が彼女の方に飛び散った。涙はぼろぼろ出るし、喉は痛くてもう叫ぶことすらできなかった。彼女は気を失ってはいけないと片方の手で鼻を塞ぎ、もう片方の手で取っ手をがちゃがちゃまわした。

　そのとき突然、嘘のようにドアが開いた。彼女は一気に前のめりになった。いきなり新鮮な空気が肺のなかに入ってきたのでびっくりした。おばさんだった。おばさんは大きな黒い雪だるまのように、彼女の前で息を切らせていた。しわだらけの額とシミの浮いた肌、染めていないのか所々に白髪が集中して生えているショートの髪。おばさんは彼女の体を外に引っ張り出した。無慈悲に、まるで彼女が何か罪でも犯したかのように、容赦なく。そして庭を通って、鉄製の門の外に彼女を引っ張っていった。火から遠ざかったとき、つまりもうこれ以上、火が自分を害することはないという確信を得たとき、彼女はおばさんの手を振り払った。同時に咳き込み、吐きそうにした。彼女は座り込んだまま、おばさんを見上げて言った。

「私を殺すつもりだったの？」

　おばさんはしばらく荒い息を吐いていたが、正気を失った人のように彼女に言った。

「まさか。あたしがあんたを殺すだなんて……」

　おばさんは鼻の先を触りながら話を続けた。

「……まさかあんたが火をつけるなんて思わなかったから」

　彼女はおばさんの顔を見た。

「ほら、あんたはどこも怪我してないでしょ。大丈夫。気も確かだし」

なんてこと。彼女は頭を振った。どこかの家の戸をたたくなりして電話を使わせてもらわなきゃ。このままだと、何もかも燃え尽きてしまう。彼女が足を踏み出そうとしたとき、おばさんが彼女の腕をがっしりつかんだ。腕が痛かった。おばさんは彼女の腕をつかんだまま、燃えている家を眺めていた。彼女の部屋の窓から炎が立ち上り、空に向かって黒い煙を吐き出していた。バキバキと何かが燃える音は、ふたりがいるところまで絶えず聞こえてきた。彼女は火事を実際に見たのは初めてだったし、物が燃える音がこんなにすごいものだとは知らなかった。不吉で、激しく心を揺さぶる音、胸のなかで何かががちゃがちゃ音を立てて運動する音。沈黙に包まれていた過去の月日を償ってくれとばかりに。死ぬ前に自分の存在をアピールするかのように。まるで最期の咆哮のようだった。彼女はおばさんの顔をもう一度見た。おばさんの目、おばさんの目からあふれる気《き》。自分の目の前に広がる光景を一つ残らず記憶しておこうとする、おばさんの熱い思いが感じられた。歓喜とか勝利のようなものに酔いしれているのだろうか。どれだけ時間が経っただろう。おばさんの顔がゆがんでいったかと思うと、目から涙があふれだした。彼女は、おばさんのなかで何かがぼろぼろと崩れ落ちているのがわかった。

「ああ、なんてこと」

　おばさんは彼女の肩に顔をうずめ、声を殺して泣きはじめた。そのとき、なぜこの言葉を思い出したのだろう。「白い三角巾をかぶるのは仕事をするときだけなのよ。それくらいの品位は、あたしたちだって保ってたわよ」。幼い頃、母と紡績工場の前を通るたびに、長い煙突と、そこからもくもくと出てくる煙を見たものだった。彼女はその光景をうっとりしたまなざしで見ていたが、彼女の母は違った。立ち上る煙に汚されるとでもいわんばかりに大騒ぎしながら、彼女にハンカチを渡し、自分もハンカチで鼻を塞いだ。なぜだろう。そこまでする必要があったのだろうか。そのとき彼女は、母に許された唯一の憎悪が工場の吐き出す煙だったということに気づいた。しかし、誰が誰を許すというのか。ああ、そうか。この世にひとりだけいる。母自身だ。母を許せる人は、母しかいない。

セラピストは、彼女が過去を記憶する方法が間違っていると、それは実際に起こったことではないと言った。だが、それは誰が決めるのだろう。彼女は炎に包まれた祖母の家がからだ全体で悲鳴をあげて没落していくのを眺めながら、そして自分の肩にもたれて泣いているおばさんの涙を感じながら、自分の記憶はこれからどんな道を歩んでいくのだろうと、その道の通行許可を出せるのは結局、自分しかいないのだと考えていた。

しばらくして、泣き濡れたおばさんが彼女を見て言った。

「あたしはあんたのことが好きじゃなかった。いまだってあんたを憎んでるし、これからもそう。この先、あたしが誰かを愛することなんて絶対にないわね」

彼女はその瞬間、ショックを受けた。なぜなら祖母の家で暮らしていた人のうち、おばさんだけは自分を憎んでいないと思っていたから。ところがそれは彼女の勘違いだったのだ。

彼女は片方の手で、自分の頬を流れている黒い涙をぬぐいながら答えた。

「わかってます」

おばさんはまた鼻をすすりあげてこうも言った。
「あんたは歳とって、ひとり寂しく死ぬわよ」
彼女は、ふりまいたかのように煙のなかに現れた黒い灰――まるで雪片のようだ――が、地上に絶え間なく下降するのをしばらく眺めていたが、やがてこう答えた。
「ええ、いいんです。きっとそのとおりだから」

作家ノート

この小説には私がこの一年間書いてきたいくつもの作品のモチーフが混ざっている。そのうちの一つは、昨年の夏に書いた短い小説「クリスマスイブ」（原題は「クリスマスの思い出」というタイトルで発表したが、小説集『マンハッタンの蛍』に載せるときにタイトルを変更した）によるものだ。母親と離れて祖母の家で暮らす少女――このモチーフに私はすっかり魅了され、その後、小説を書くときはいつもその影響を受けていた。

〝祖母の家で暮らす少女〟というイメージは、私の経験によるものだ。いやそうとは言いきれないだろうか。わからない。小説には書き手の経験（つまり、実際に経験したこと）がどれぐらいありのままに書かれているのだろう。私が言いたいのは、私が祖母の家にいた時間はさほど長くはなかったこと、私はその時間が大好きだったということだ。

夏、六歳の私は黄色いキャミソールワンピースを着て、庭の洗濯竿に掛かっている服に水をかけている。なぜなら、洗濯物からぽとぽと落ちる水滴をずっと見ていたかったから。古い縁側に座った祖母は、そのようすを見てほほ笑んでいる。もしかしたら心の中ではこう思っていたかもしれない。「もう。そんなことしたら洗濯物が乾かないじゃないの」

　とても善良な人、母はいまでも祖母のことをそう言う。私はその言葉に、母の祖父に対する恨みがじんわりと溶け込んでいることを知っている。やんわりとした恨み、または行き場を失った恨み。ひょっとするとこの小説は、行き場を失った恨みについての話かもしれない。

　蛇足だが（蛇足だとわかっていながらも言う小説家のミス！）、本当は〝作家ノート〟をこう書こうと思っていた。「みんな誰でもおばあちゃんになる、と書いたが、消す。すべての人がおばあちゃんになるわけではないのだから。もしかしたらそれこそが私がこの小説を書いた理由かもしれない」と。何の関連性もないのは承知だが、なぜか私はこの文章が気に入っているので、ここに残しておく。

十一月旅行

チェ・ウンミ

己亥年《つちのとい》［干支の一つ。六十年に一度めぐってくる縁起のよい黄金の豚（猪）年、ここでは二〇一九年］のペペロデー［ポッキーに似た菓子を、十一月十一日に恋人や友達など親しい人に贈る］の頃だった。ペペロデーだと言ったのはハウンだ。西海岸高速道路のどこかを走っているときだった。今日は何日だと訊くキュオクに、ハウンが言った。月曜日がペペロデーだから、今日は九日だと。三人は土曜日に礼山《イエサン》［忠清南道の北東に位置する町］に行った。

思えば一泊二日の短い旅行だった。短いといえば短いのだが、ウニョンは帰ってきてからもずっと、礼山でのことを思い返した。己亥年が過ぎたあとも、その年のペペロデーの頃をよく思い出した。後部座席に並んで座ったキュオクとハウンは、みかんを食べていた。運転席の方にもいろいろ食べ物がまわってきた。ウニョンは片手でハンドルを握り、もう片方の手でふたりから渡されたものを食べながら、順調に流れては渋滞する高速道路をぼんやりと運転した。手をたたくと手についているばい菌が死ぬと言ったのは、たしかキュオクだった。キュオクとハウンは話をしているときに突然、拍手をした。かと思うと急に静かになり、それぞれ窓の方を向いて眠りこけた。

礼山に向かう道々でも、礼山でも、礼山から帰ってくるときも、キュオクは常にしゃべっていた。

話がふっと途切れたかと思うと、またふっと続いた。ウニョンがよく知っている話もあれば、初めて聞く話もあった。三人は二日間ずっと行動をともにし、初対面の人たちと庭を囲むようにして一晩泊まった。午前中はなんとはなしに秋の礼山を歩いた。ところが不思議なことに、その日のことを思うと、ウニョンは礼山でのことよりも礼山に発つ日の朝のエレベーターが真っ先に浮かんだ。

　歯ブラシ、タオル、日焼け止めクリーム、マフラー、モバイルバッテリー。境内にキャリーバッグを持ち込んではいけないという案内メールが来たので、ウニョンとハウンは各自のリュックにそれぞれ荷物を入れた。ハウンはぬいぐるみとドブルカードを入れ、ウニョンはチョコレートと缶ビールを入れた。最後に台所のテーブルの上に置いてあった招待券三枚を入れて、ふたりは玄関を出た。

　エレベーターが上がってくるまでの、ほんの短いあいだだったと思う。ウニョンは片手にタンブラーを、もう片方の手にはスマホを持っていた。スリングバッグを斜めにかけたハウンがウニョンの隣に並んだ。エレベーターのドアに写った姿を見ながらウニョンは、娘との背の差がだんだん縮まってきていると思った。それからカーナビのアプリを開いて、目的地までかかる時間を確かめた。自分が長いあいだ持っていたものを礼山に、己亥年の礼山に、永遠に置いてくることになろうとは夢にも思わないまま、ウニョンはエレベーターに乗った。キュオクにこれから出発すると電話をかけ、キュオクの家に寄って車に乗せた。

　三人のうち、週末に一番忙しいのはキュオクだった。秋になる頃から知人の娘や息子たちの結婚式が続き、山登りをしたり鍼治療を受けたりする週末もあった。三人の都合が合った十月のある週末には大きな台風が来たし、また別の週末にはキュオクの体調が悪かった。

　ウニョンが年の初めにある人からもらったテンプルステイ招待券は、有効期限が十一月の末だった。三人は数年前からテンプルステイをしようとはりきっていた。招待券を無駄にするわけにいかなかったので、なんとしても期間内に行く日どりを決めなければならなかった。ペペロデー直前の十一月の第二週目の週末、三人は延期とキャンセルを繰り返しながらようやく都合を合わせた。予約確定メールが来たとき、ウニョンに残っていたのは期待よりも義務感だった。何もかもが面倒くさくて、ただひとり横になって眠りたい。そんな状態だった。

「おばあちゃん、ママはお水が苦いんだって」ハウンが言う。

「薬を飲むときは苦いのよ」キュオクが言うと、「薬、飲んでないけど」とウニョンが言う。

「ごはんも苦いし、イチゴも苦いし、コーヒーも苦いんだって」ハウンが言うと、「コーヒーはもともと苦いものだけどね」とキュオクが言う。

　しばらくしてキュオクが不思議そうにウニョンに訊く。水がなぜおいしくないのかと。

「お母さんは水がおいしいの？」ウニョンも不思議そうに訊く。

「水が甘い日ってあるじゃない？」

「……」

「苦い日もあるし」

　そう言ってから、キュオクはハウンに尋ねる。

「うちの可愛い孫は、この頃なに食べてるの？」

ハウンに会うとキュオクは必ず二つのことを訊いた。なに食べてるのと、なに習ってるの。

「木曜日からずっと黒いごはんばかり食べたよ」

「黒米のごはん？」

「カラス茸［キノコの一種］が残ってたから、ごはんに入れて炊いたのよ」ハウンの代わりにウニョンが答える。

「カラス茸って、がん予防にそりゃ効果があるんだってねえ」

キュオクはがん予防という言葉が好きだった。その次に好きな言葉は抗酸化。セリ、ほうれん草、さつまいも、かぼちゃ、なた豆、大根、白菜、どんなものにもキュオクは抗がんと抗酸化の成分を見つけた。ウニョンはがん予防がもたらした異様な疲労感に浸ったまま、ぼんやりと運転をしていた。後ろの席からりんごの話が聞こえてきたとき、ようやく我に返り、高速道路のトールゲートをとっくに通り過ぎていたことに気づいた。車は礼山《イェサン》の野原を走っていた。りんご畑を見てごらんとキュオクが言った。

「まあ、きれいなりんごだこと」

ウニョンは横目でちらっとりんご畑を見た。時折見える果樹園とともに、洪城《ホンソン》、挿橋《サプキョ》、徳山《トクサン》、海美《ヘミ》邑城《ウプソン》などの標識を通り過ぎた。忠清道《チュンチョンド》の低い山が連なっているのを見ながら、ウニョンはようやく旅行に来たことを実感しはじめた。忠清道は来るたびによかったことも思い出した。

「ハウン、礼山はりんごが有名なのよ」

ウニョンがハウンにそう言うのは、それだけ気持ちが高ぶっている証拠だった。ハウンに何かを教えてやりたいとか、感じてもらいたいと思うとき。ハウンが初めて行くところや、初めて見るものについて説明してやりたいとき。

「クリーニング屋の隣のスーパーでね」

　キュオクが言った。

「いつだったか、こぶしぐらいの大きさのりんごが、九個か十個だかが一万ウォンで売られててね。なんとなく買ってみたら、そりゃおいしかったのよ」

「なにが？」

「りんごが」

「ふうん」

「売ってたのはその年だけだったけど」

「どうして？」

「わたしに訊かないでくれる？」

「クリーニング屋の息子さん、先月結婚したんだっけ？」

　ウニョンが訊くと、キュオクが、ああ、それそれ、と言った。

「新婦がウェディングドレスじゃなくて韓服《ハンボク》を着たのよ。韓服もきれいなの、いくらでもあるでしょ？　結婚式なんだから華やかな方がいいわよね。なのにフュージョンだかなんだか知らないけど、上も下も真っ白なの着て、斜めにさしたピニョ［かんざし］はいまにも落ちそうだったし。新婦どころか、まるで喪主だったわよ」

　ああ、喪主だなんて。徳山方面に右折しながら、ウニョンは結婚式の日に喪主になってしまった新婦について考えた。

「それに新婦には友達がいなかったのよ」

　結婚式に友達が来なかった新婦についても考えた。韓服の話が出たからだろうか。キュオクからクリーニング屋の息子の話を聞きながら、ウニョンはふとキュオクの結婚式の写真を思い出した。キュオクとキュオクの夫、つまり、ウニョンの両親の結婚式の写真。ウニョンがアルバムから剝がした写真は、ふたりが幣帛《ペベク》［新郎新婦が両家に挨拶をする儀式］の恰好をして、庭で写した写真だった。キュオク夫婦が結婚した日、庭に張られた天幕の下には親戚や近所の人たちが集まり、隅の方に置かれた釜ではずっとククス［そうめんに似た麺。末長く幸せにという意味が込められている］をゆでていたという。アルバムには新郎新婦が顔を上げて自然に笑っている写真もあれば、背の低い子どもたちが前列に立っている団体写真もあった。

　ハウンぐらいの頃、ウニョンは両親の結婚記念日に何かプレゼントをしようと思った。貯めていたお小遣いを持って文房具屋に行き、写真立てとラッピングロールを買った。両親の結婚式のアルバムから選んだ写真を一枚、写真立てに入れた。ウニョンはそれをきれいに包装して、サプライズプレゼントをするつもりだった。ところが計画どおりにいかなかったので、キュオクはいまでもウニョンがそんなプレゼントをしようとしていたことを知らない。

「礼山はあと何が有名だったっけ？」

　三人のうちの誰かが窓を開けながら言った。車は国道を下りたあと、秋の木々が茂った山道をしばらく走った。礼山はりんごが有名で、近くには美しい邑城があって、それから、

「修徳寺《スドクサ》がある」

そうだ。礼山には修徳寺があった。ウニョンたち三人が己亥年十一月の週末に一泊するところ。一柱門《イルチュムン》［入り口の門］前の分かれ道で左折をするように言われていた。ウニョンは登山客たちをかきわけるようにして修徳寺の境内を迂回して入り、テンプルステイ事務局の前に車を止めた。

巳の刻というのは午前九時から十一時のあいだを指す。ウニョンは寺に来ると、巳の刻という言葉をふつうに聞けるのがよかった。明け方と夕方の礼拝のあいだに、寺では巳の刻になると仏前に食事を捧げ、礼拝をし、供物を捧げる。台の上に置かれている寺でのスケジュール表を見ながら、ウニョンはいま自分が巳の刻という時間を実感できる場所に来ているのだと思った。

三人に割り当てられた部屋は深縁堂《シミョンダン》二号だった。境内から登山道に続くところに建てられた、テンプルステイ用の韓屋《ハノク》の一つだった。オンドルの床はすでに温かかった。荷物を下ろすなり、キュオクとハウンは布団を敷いて寝転んだ。ウニョンは見知らぬところに来たら、まずは地形やそこに何があるか、全体の見取り図と動線を頭のなかに入れておかずにはいられなかった。ふたりが寝転がって背中を温めているあいだ、ウニョンは石段の上に脱いだ三人の運動靴を、靴の先が庭の方を向くようにして並べ、三つのカバンを部屋の隅に立てかけ、ジャンパーも壁のハンガーに全部掛けてから、二日間のスケジュールを時間帯ごとに頭のなかに入力した。ウニョンたちが申し込んだのは、プログラムが組み込まれた体験型テンプルステイだった。

十一月も中旬なのに、ジャンパーを着た方がいいのかどうか迷うほど暖かかった。事務局で渡されたテンプルステイ用のズボンとベストに着替え、三人は深縁堂の前庭に出て写真を撮った。キュオクとハウンをウニョンが撮り、ウニョンとハウンをキュオクが撮り、キュオクとウニョンをハウンが撮った。キュオクが紅葉した木の枝をつかんで塀にもたれると、ハウンがキュオクひとりの写真を何枚も撮った。以前のウニョンなら、とにかくハウンの写真を、顔は写らなくてもどこで何をしているのかわかるＳＮＳ用の写真ばかり撮ったけれど——ハウン、ジャンプして。ハウン、あっちに歩いていって。ハウン、手でハートを作って。ハウン、笑って——いつの頃からか、そんな写真を撮らなくなった。おなじテンプルステイ用の服を着て、深縁堂の縁側に並んで座っているキュオクとハウンを見ながら、これなら自分が思い描いていた絵に近いのではないかと、一瞬思っただけだった。

「そのなかに何が入ってるの？　いいものが入ってそうだけど、おばあちゃんに見せてくれない？」

ベストの上にスリングバッグを斜めにかけているハウンを見て、キュオクが言った。ちょっとでいいから見せてとキュオクが脇を突くと、ハウンが体をくねらせながらクッと笑った。

「おばあちゃん。あたし、年が明けたら十二歳なんだよ」

「まあ、わたしとあんたは五十歳離れてるの？」

キュオクがいまさらのように言った。キュオクがそう言うたびに、もう少し歳が離れていた方がよかったのではないかと、ウニョンは思うのだった。

「お母さん。ハウンのスリングバッグに何が入ってるのか、わたしも知らないのよ」

ウニョンは縁側の端にある浄水器のところに行き、タンブラーに水を入れた。ハウンはテンプルステイの参加者のなかに、自分と同世代の子がいればいいのにと心から願っていた。でも集合場所の法堂に行ってみると、子どもはハウンだけだった。ウニョンたちを含めて、その週末のテンプルステイの参加者は全部で十人だった。

「ママ、あのおじさんの着てるフリースジャケット、あたしのと似てる」

テンプルステイの担当者に境内を案内してもらっているとき、ハウンが言った。ベストの上にウールのフリースジャケットを着た男性は、ぽっちゃりとした体形で、四十代半ばくらいに見え、ひとりで参加したようだった。他にも、三十代の娘と来た老夫婦と、ちょっと変わったデートを楽しんでいる二十代のカップルがいた。ひとりで参加した女性は背が高く、四十代の初めくらいに見え、テンプルステイの担当者のすぐ後ろを歩いていた。

「修徳寺って何が有名なのかしら？」

大雄殿［釈迦牟尼像が祀られた本堂］の前まで来たとき、登山客かテンプルステイの一行なのかわからない声が聞こえてきた。担当者が何かを説明し、ひとりで参加した背の高い女性がうなずいた。ウニョンはタンブラーに入った水を飲みながら、みんなと一緒にいるキュオクとハウンの方へ歩いていった。大雄殿の背後にある徳崇《トクスン》山は紅葉が色づき、頂上に遅い午後の太陽がかかっていた。

修徳寺の大雄殿を、ウニョンは十五年ぶりに見た。ハウンを産んでから一度も来たことがなかった。ウニョンは修徳寺の大雄殿が好きだった。大雄殿の側面は何時間も立って見ていられるほど、この古い木造建築物がもたらす気《き》を愛していた。なのに、車で二時間もあれば来られるのに、どうして十五年も来なかったのだろう。テンプルステイの一行はそれぞれ大雄殿の前で写真を撮ったり、法堂に入ったりした。キュオクは山や紅葉をうっとり眺め、ハウンはお腹をすかせた顔で退屈そうに石ころを蹴っていた。

　僧侶がやってきたのは、一行が梵鐘閣と黄河精樓《ファンハジョヌ》を通って、寺の入り口近くにある修徳《スドク》旅館に着いたときだった。担当者がちょうど李應魯《イウンノ》が羅蕙錫《ナヘソク》［１８９６－１９４８。朝鮮最初の女性西洋画家で作家］に絵を習った話をし終えたときだった。そして、羅蕙錫が満空《マンゴン》僧侶に出家を断られた話や、羅蕙錫と一葉《イリョプ》僧侶［１８９６－１９７１。日本留学を終え、１９２０年に最初の女性雑誌《新女子》を創刊し、女性解放を唱える。のちに出家し修徳寺に入る］の友情について、修徳旅館の前で話すのにぴったりのエピソードを語りはじめたときだった。「十名ですね！」と言いながら、尼僧がテンプルステイの一行の方に歩いてきた。

　麦わら帽子をかぶったその人は、声が大きく、どこかに行く途中なのか急いでいるようだった。一行を見まわしてから、この家族に目をつけたというふうに、ウニョンとキュオクとハウンの方に歩いてきた。そして写真を撮ってあげましょうかと言った。三人の写真はまだ撮っていないでしょうと。ウニョンはとっさにスマホを彼女に渡し、キュオクとハウンのそばに並んだ。バックに修徳旅館という文字が入った方がいいのだと、彼女はウニョンのスマホを持ったまま、数歩あとずさった。「では写しますよ」とか「１《ハナ》、２《トゥル》、３《セッ》［はい、チーズ］」と言う代わりに、こう言った。

「お母さんふたりに、娘さんふたりですね」

　ウニョンは家に帰ってからも、修徳旅館の前で撮ったその写真をよく開いた。その週末、三人で撮った唯一の写真だった。修徳旅館の木造の入り口に、だぶだぶのズボンをはいたキュオクとウニョンとハウンが立っていた。写真には「お母さんふたりに、娘ふたり」と聞いた瞬間の表情が写っていた。そう聞くなり笑ったのはハウンだけで、キュオクとウニョンはきょとんとしていた。

「ママ、チェユンがね」

「うん？」

「チェユンがね、三年生のとき、いつもあたしのことを焼いたジョン［薄く切った野菜や肉、魚に小麦粉をつけて油で焼いたチヂミのようなもの。ここではハウンの姓〝チョン〟と発音が同じ］ってからかったの」

キュオクとウニョンとハウンはそれぞれ姓が違ったが、ハウンは〝チョン〟だった。あんたも何か言い返してやればよかったのにとキュオクが言うと、ハウンが満足そうに言った。

「もちろん言い返してやったよ。あんたは海苔《キム》でしょって！」

その話が出たのは、供養室［食堂］に海苔《のり》がたくさんあったからだろう。みんなお腹をすかせていたのか、夕方の礼拝より食事の時間が先でよかったという顔をしていた。お互いまだ打ち解けていなかったので、各自分かれて食事をした。ハウンは醤油で煮込んだタンミョン［韓国風の春雨］を一番たくさん盛った。キュオクは大根の葉と茎のナムルと、菜の花のキムチと、椎茸のあんかけを盛ってきた。ところてんは柔らかく、茎わかめの漬物はコリコリした。ウニョンは海苔ブガクをおかわりした。

「ハウン。あんたのママは、小さい頃から真っ黒な食べ物に目がなかったのよ」

海苔ブガクを噛み砕いているウニョンを見て、キュオクが言った。

「お餅も黒っぽいどんぐり餅が好きだったし。病気になっても白いお粥を食べなかったんだよ。黒ごま粥でも作ってやれば別だけど」

ハウンがウニョンを見た。

「ママ、だからいつも黒いごはんなの？」

「なによ、みんなして。ブラックフードは体にいいんだから。抗酸化にはブラックフードが一番なのよ」

そう言ったあと、ウニョンは急にイカ墨リゾットが食べたくなった。ざるに盛ってあった海苔ブガクの半分は、ウニョンが食べたかもしれない。海苔にもち米糊を白く塗って油で揚げた海苔ブガクは、黒いというよりは、霜が降りたように白かった。

「海苔に雪がついてるみたい」

隣で海苔ブガクを口に放りこんでいたハウンが言った。

「冬にヒメツゲの花壇に雪が降ったら、米粉をふって蒸したヨモギみたいよね」

キュオクがそう言うと「そうね」とウニョンが相づちを打った。

そう言えば本当にある。草に雪が降ったような料理が。豆腐とヨモギのおひたし。ひじきと豆腐を和えたもの。ヨモギに米粉をふりかけて蒸したもの。ヨモギ餅。

「あんたがお腹のなかにいるとき、身がぎっしり詰まったイカナゴの煮つけが食べたくてたまらなかったのよ」

キュオクがそう言うと、イカナゴって何？　とハウンが訊いた。

「ほら、あれよ」

キュオクはイカナゴという魚について説明しはじめ……ふと周りを見ると、供養室には三人しかいなかった。供養室の菩薩［寺の職員・信者］がハウンを呼び、ベストのポケットを広げてごらんと言った。栗がたくさん残っているからと、ゆでた栗をハウンのポケットに入れた。ウニョンもいくつかもらった。

「まあ、こぶしみたいに大きな栗だこと」

キュオクがそばに来て言った。ウニョンはあきれた顔でキュオクを見た。こぶしみたいに大きな栗？　さっきはりんごがこぶしみたいだって言ってなかった？　そのときウニョンはこぶしほどの大きさの、ごつごつした不細工なりんごを思い浮かべた。でも意外と、想像するのとは違うかもしれないと思った。キュオクは誰かと電話で話しながら、先に歩いていった。まだ六時前なのに外は暗かった。ハウンは大きな栗の重さで、ポケットが膝の辺りまで垂れ下がっていた。

「先に歯を磨こうっと」。ウニョンがポケットに手を入れて走りだすと、ハウンは走ることも歩くこともできずに立ったままウニョンを呼んだ。

「ママ、ずるいよ。ママってば！」

反則だとでも言いたそうな声で、

「ママ！」

ハウンはウニョンを呼び続けた。

「待ってよ！」

ウニョンは立ち止まって振り返った。薄暗い境内の向こうから、栗で垂れ下がったベストを着た十一歳のハウンが歩いてきた。ウニョンは走っていって栗を取ってやりもしなければ、笑いもしなかった。ただ無表情でじっとハウンを見つめた。

ハウンがぶつぶつ言いながらそばに来たのを見て、ウニョンはほほ笑んだ。ようやく我に返ったかのように。しかしまだ、供養室にタンブラーを置き忘れてきたことには気づいていなかった。夜の礼拝の時間に合わせて法鼓閣に行ったときは、法鼓《ポブコ》［太鼓］の輪郭も見えないくらい暗かった。観覧客も登山客もみんな帰ったあとで、寺に泊まる人たちだけが残っていた。テンプルステイの一行は両手を体の前で組んで、僧侶たちが交代で法鼓を打つのを見ていた。一度部屋に戻ってから暗い境内に出てきたウニョンは、何か物足りなさを感じて落ち着かなかった。それが寒さのせいなのか、暗い山が近くにあるからなのか、わからなかった。タンブラーのせいだと気づいたときには、体はもう供養室の方へ向かっていた。

これが初めてではなかった。この数年間、ウニョンはそのタンブラーを持ち歩き、よくどこかに忘れてきた。幼稚園にハウンを迎えに行って靴箱の上に置いてきたり、地下鉄で一時間ほどかかる町の居酒屋に忘れてきたこともあった。近所のカフェに、遊び場のベンチに、キュオクの家に、またどこかに、どこかに。タンブラーを探しに行くと、その場所にあるときもあれば、誰かが保管してくれているときもあった。ウニョンは片づけが終わりかけた供養室の戸を開けた。すると、あった。浄水器の隣でウニョンが取りに来てくれるのを待っている、赤色のサーモスのタンブラーが！

再び一行のところに戻ったときには、みんな礼拝をするために大雄殿に入っており、法鼓閣の前には誰もいなかった。ウニョンは片手にタンブラーを持って、空っぽの満月のような法鼓を眺めた。光を放っているのは法鼓の皮だとばかり思っていたが、法鼓閣の欄干に沿ってまわってみると、裏の冥府殿［地蔵菩薩、閻魔大王をはじめとする十の大王を安置したところ］の灯りだった。なかから夜の祈禱をしている声が聞こえた。霊駕引燈［仏の前に亡くなった人の魂を弔うために灯火を点すこと］受付中、と書かれた横断幕が見えた。少し風が吹いていたので、霊駕という文字と、引燈という文字が、暗闇のなかに隠れては姿を現した。ウニョンは冥府殿の方に少し歩み寄った。そのとき、向かいの大雄殿からキュオクが出てきた。続いてハウンが、それから他の参加者たちも出てきた。みんなウニョンのことなど気にも留めず、列になってどこかに向かっていった。ウニョンは彼らのあとをついていった。着いたところは小法堂で、僧侶がお茶の用意をしながら一行を待っていた。修徳旅館の前で会った僧侶だった。山の方へ急いで上っていくのを見て、てっきり禅院の僧侶だと思ったが、彼女がテンプルステイの担当だったのだ。

ウニョンは昼間、頭に入れておいたスケジュールを思い起こした。つまり、その時間は〝僧侶との座談タイム〟だった。各自、自己紹介をし——どこから来て、なぜ来たのか。たとえば、洪城《ホンソン》から来ました。以前からテンプルステイを体験してみたいと思っていました、など——悩みがあれば僧侶に相談する時間でもあった。参加者たちは小法堂に丸く輪になって座り、僧侶が淹れてくれたお茶を、それぞれの湯飲みに注いだ。僧侶は参加者のなかで唯一の子どものハウンにあれこれ話しかけた——何年生ですか。塾通いは大変でしょう？——みんなハウンの方を見、ウニョンもハウンを見た。あれこれ答えているハウンを見ながら、ウニョンは思った。唇が荒れてるわね。リップクリームをちゃんと塗ってよ。最近わたし、果物を食べさせてなかったのかしら。気がつくと、ハウンは十一月十一日の話をしていた。

この頃好きなものは何か、何を楽しみにしているのか、そういうことを訊かれたのだろう。

「早く十一月十一日十一時十一分になってほしいです」

ハウンがそう言うと、僧侶がなぜかと尋ねた。理由など考えたことがなかったような困った顔をしていたハウンが、しばらくしてこう言った。

「うーん……それが本当のペペロデーだから！」

「その時間になったら、願いごとでもするのですか」

「そうじゃないけど、その時間になったら時計を見るんです。十一月十一日十一時十一分に。あ、十一月十一日十一時十一分だ！　って」

「わたしもそうだった」

そう言ったのは、彼氏と一緒に来た二十代の女性だった。

「小学生のとき、わたしも十一月十一日十一時十一分が楽しみでした」

「……」

「一月二十三日四時五十六分も」

そう言って彼女はクククククッと笑った。ちょっと長すぎやしないかと思った。みんなの視線がハウンから二十代のカップルに向けられた。結婚前にいい思い出を作りたくて参加したと、隣にいる彼氏が言った。誰かが、おめでとう、と言った。

「僧侶様」

小学生のとき十一月十一日十一時十一分になるのを楽しみにしていたという彼女が、僧侶を呼んだ。湯飲みに入った蓮の葉茶を――焼酎でもないのに――一気に飲み干してから、こう言った。

「わたしが、このわたしが結婚することになるなんて」

「うちの娘はいつになるやら」

そう言ったのは、娘と夫と一緒に来た婦人だった。彼女はキュオクとおなじ六十代だが、キュオクとはずいぶん雰囲気が違って見えた。顔にはシミもなく、髪は定期的に根本パーマをかけているのかボリューム感があった。これまで家に督促の電話など一度もかかってきたことがないような、大らかでユーモラスな表情がにじみ出ていた。白髪交じりの夫とずっと手をつないでいたが、娘はふたりが何を言っても不機嫌そうだった。

「わたしは猫と暮らしています」

ひとりで来た背の高い女性が言った。

「わたしは妻と子どもがいます」

ひとりで来たフリースジャケットの男性が言った。彼はいますぐ応急処置をしなければならないほど憂いに沈んでいた。深刻な悩みを打ち明けるのかと思ったら――離婚を控えているとか、破産したとか――いきなり義湘《ウィサン》大師と元曉《ウォニョ》大師［それぞれ新羅の高僧］の話を持ち出して、その場を白けさせた。

「僧侶様、わたしは」

フリースジャケットの男性の話を遮ったのはキュオクだった。

「わたしはこの子を」

キュオクがウニョンを指さした。

「巳の刻［午前九時から十一時の間］に産んだんですよ」

そう言ってキュオクはウニョンの腕をつかんだ。

「己未の年［一九七九年］の」

続いてハウンを指さし「孫は己丑の年［二〇〇九年］」

最後に自分を指さして言った。

「わたしは己亥の年に生まれました」

僧侶が「まあ、お母さん。今年、還暦ですね」と言った。

誰かがまた、おめでとう、と言った。

ウニョンはキュオクが急に巳の刻などと言いだしたことに驚いたが、考えてみると、自分が小さい頃から巳の刻に何か意味があると思ってきたのは、キュオクの影響かもしれなかった。

キュオクはウニョンを二十歳で産んだ。二十歳になった年の冬、巳の刻に。九時から十一時のあいだ。夜が明けてかなり時間が過ぎた頃。もう後戻りできない、まぎれもない朝。

「大切なものなんですね」

僧侶がタンブラーを腕で抱きかかえるようにしているウニョンを見て言った。ウニョンはいまさら気づいたかのように、タンブラーを床に置いて僧侶を見た。彼女は丸い眼鏡をかけていた。大勢の信者たちに会う任に当たっている僧侶にありがちな、生き生きとした目をした人だった。ただその目には、ひとりの時間を得るための代価として堪えているような雰囲気もあった。僧侶と向かい合ったまま、ウニョンはこっそりこんなことを考えた。七十七年生まれ？　行ってて七十五年？　ウニョンとあまり歳の差がなさそうだった。

「娘が幼い頃にもらったもので、気がついたらいつも持ち歩いてるんです。水もよく飲む方ですし……いつも持っているからか、ないと落ち着かなくて」

「わたしも十一月十一日を待っているんですよ」

そう言いながら僧侶が見たのはウニョンかもしれないし、湯飲みかもしれなかった。僧侶が十一月十一日を待っていると言ったのは、ちょうど初対面の人たちが小法堂に丸く座っていた、己亥年の十一月九日のことだった。

テンプルステイの参加者はそのとき知ったのだ。明後日の十一月十一日はペペロデーでもあるけれど、己亥年の冬安居［陰暦十月十六日から三カ月間、主に禅宗の僧侶たちが仏道修行をすること］が始まる日でもあるということを。その僧侶はテンプルステイの担当者でもあり、ウニョンが最初に思ったとおり、禅院で修行をしている僧侶だった。安居が始まったら三カ月間は禅院にこもり、外出はできない。

山門が閉まるのは明日だと僧侶が言った。テンプルステイの二日目の朝は、みんなで山の中腹にある禅院まで歩行することになっていた。有名な禅師を輩出した禅院なのでいつも観光客が多いところだが、安居の期間中は、観光客もテンプルステイの参加者も禅院のなかには入れない。明日、門が閉ざされると、翌年の二月頃まで閉まったままだ。つまり、今回のテンプルステイ参加者は、己亥年に禅院に入ることのできる最後のチームで、この僧侶と座談ができる己亥年最後のチームということになる。

「次の己亥年はいつかしら」

「六十一年後ですね」

座談を終えて立ち上がりながら、彼らはそんなことを言った。

ウニョンは朝早くから運転をしたので疲れているはずなのに、部屋に戻って横になっても目が冴えていた。キュオクとハウンは歯を磨いてからふとんに入り、それぞれスマホを見ていた。キュオクはユーチューブで〈杖鼓《チャング》の神〉というトロット［日本の演歌にあたる大衆歌謡］歌手の動画を見ていたし、ハウンはゼペット（Zepeto）のキャラクター作りをした。ウニョンは横向きになって腕枕をし、そんなふたりを眺めた。

　キュオクは体のあちこちに赤い斑点ができていた。病院に行っても原因がわからなかったし、漢方薬を飲んで鍼を打ってもらってもよくならなかった。キュオクがこれまで六十年生きてきて、一度も経験したことのないことだった。最近キュオクの体には、キュオクが生まれて初めて経験することがかつてないほど劇的に起こっていた。腰に、肩に、手首に、血管に、何かの兆候のように、結果のように、始まりのように。それは肌の表面に出てこざるをえない何かのように思われた。

　ハウンのスマホから「九時ですよ」という子どもの声がした。ウニョンは起き上がって、部屋の灯りを消した。三人は並んで天井を向いた。まだ電気を消していない部屋があるのか、障子がほんのり明るかった。

「ママ、おばあちゃん、知ってる？」

「なあに？」

「右手は枕の下に入れて、左手は胸に当てて、夢で会いたい人の名前を三回呼んでから寝るの。そしたら、その人が本当に夢に出てくるんだって」

「うちの可愛い孫は、どこでそんなことを覚えてくるのかねえ」

　キュオクがハウンに、じゃあやってみて、と言った。

　ハウンが右手を枕の下に入れ、左手を胸に当てた。

「ミン・ユンギ、ミン・ユンギ、ミン・ユンギ」

「ユンギっておなじクラスの子かい？」

キュオクがそう言うと、ハウンがクックックッと笑った。

「BTSのシュガオッパのこと」

今度はキュオクが右手を枕の下に入れ、左手を胸に当てた。何も言わないのでハウンとウニョンが早く名前を言ってと急かしたら……キュオクは心のなかで言ったと譲らなかった。

「反則だよ！」

ハウンとウニョンが同時に叫んだ。次はウニョンの番だった。ウニョンも右手を枕の下に入れ、左手を胸に当てた。ところが誰も思いつかなかった。誰でもいいから思い出したかったのに、誰も。夢で会いたい人がひとりもいないことに、ウニョンはショックを受けた。こんなことってある？

反則だと言われたらなんて答えようかと考えているうちに、キュオクの規則的な寝息が聞こえてきた。ハウンも静かだった。ウニョンは目尻の奥にふたりのシルエットを感じながら、しばらくのあいだ天井を眺めていた。そのうち手探りで枕元のスマホを手に取った。ウニョンはポータルサイトを開いて「イカナゴ」を検索した。スマホの灯りのせいだろうか。ハウンが寝返りを打ちながら、ウニョンのスマホの方に顔を突き出した。ウニョンはハウンも見えるようにスマホを高く持ち上げ、イカナゴの画像をタップしたのだが……ふたりは同時に、うわっと声を出してしまった。ウナギのような魚が数十匹、糸に吊るされていたり、絡み合ったりしている写真がスマホの画面いっぱいに映っていたのだ。ウニョンは急いで検索ワードを「イカナゴの煮物」に変えた。するとようやく無難な料理の写真が出てきた。ハウンは、大根とネギと赤い唐辛子と一緒に煮つめた鍋のなかのイカナゴの写真を見ながら眠りに落ちた。

ウニョンは庭の方に出た窓を少し開け、窓枠に肘をついて缶ビールを開けた。顔に触れる空気は冷たく、たしかに十一月の夜なのだと実感した。他の人たちが泊まっている部屋の窓と戸が、庭をはさんで長く続いていた。端の部屋はテンプルステイ担当の僧侶の部屋、あそこは誰かの部屋、また誰かの部屋。庭は暗く、片側の端では自動販売機が光を放っていた。あまりにまぶしく、際立った光だった。いつだったか一度、ウニョンは暗いところでおなじように光を放っている自販機を見たことがあるような気がした。

ウニョンはビールをさらに飲んだ。眠れない人たちが時折、庭を通り過ぎた。小学生のとき十一月を待っていた女性が、猫と一緒に暮らしている女性に向かって何か言葉を吐き出しながら通り過ぎていき、小学生のとき十一月を待っていた女性の彼氏と、フリースジャケットの男性が宙に息を吐きながら通り過ぎた。明日になれば禅院に入る僧侶の部屋で灯りがつき、やがてまた消えた。庭に残っている光が、ウニョンをさらに眠れなくさせた。

その晩、キュオクは何度も苦しそうな声を出した。長いこと累積した疲労によるものだろう。長いあいだ家の内と家の外の労働を両方こなしてきた人の声。いまなお肉体労働をしている人の声。己亥年に生まれ、再び己亥年を迎えた人の声。夜が明けると、キュオクはうなされていたのが嘘みたいに、ウニョンとハウンを起こして礼拝に行く支度をした。朝の供養室でも一番大きな声でテンプルステイのみんなに挨拶をした。

供養を終え、そろそろ禅院へ歩いていく時間になった頃、境内を散歩していたキュオクが冥府殿の前で立ち止まった。そして法堂の前で履物を脱ぎはじめた。地蔵菩薩に手を合わせていきたいと言うのだ。

「もう来ることはないしね」

キュオクが言った。

「車で二時間もあれば来るのに」

そう言ったウニョンもわかっていた。キュオクもハウンもウニョン自身も、もしかしたらもうここには来ないだろう。いつでも行けるからこそ、二度と行くことのない他の多くの場所とおなじように。

禅院に行く時間が過ぎても、キュオクは法堂から出てこなかった。ウニョンはキュオクを呼びになかに入った。片側の壁にびっしりと、手のひらに載るほどの小さな引燈を祭った壇の前にキュオクが立っていた。

「わたしも申し込まなきゃ」

ウニョンが歩み寄ると、キュオクが言った。

「お父さんのは春に祭ったじゃない。おばあちゃんのだって」

「あの子の分もお願いしたいから」

そう言ってキュオクは遠い遠い親戚の話をした。ちょうどハウンとおなじ年頃だったというその子のことを。夏休みを控えたある暑い日、その子は学校の帰り道、友達と小川に行った。その日、そこで水遊びをしているときに死んだと、キュオクが言った。

なぜいまさらそんな話をするのだろう。キュオクとも二、三回しか会ったことのない遠い親戚の話

を、なぜ。

「どこにもいないのよ」

引燈を見ながらキュオクが言った。

「その子がどこにもいないの。わたしの結婚式の写真にいるだけで」

法堂の床に陽炎のようなものが揺れていた。引燈の影なのか朝の陽ざしなのか、はっきりしなかった。法堂の外にハウンが立っているのが見えた。

ハウンぐらいの頃、ウニョンは写真立てとラッピングロールを買った。アルバムからお母さんとお父さんの結婚式の写真を剝がして、写真立てに入れたっけ。

両親が結婚式の団体写真を撮るとき、一番前にひとりだけ女の子がいた。

「ヌビ［韓国のキルティング］ワンピースを着て、おかっぱ頭だった」

ヌビワンピースを着て、おかっぱ頭で、親戚のお姉ちゃんの結婚式に来た女の子。それから数カ月後、水遊びをしているときに死んだ女の子。キュオクの結婚式の写真にだけ残っている女の子。

ウニョンはそんな女の子が写っている写真を知らない。ウニョンが覚えているのはこうだった。ウニョンがラッピングロールを写真立ての大きさに合わせて切っているとき、ちょうど通りかかった父がウニョンを見たこと。娘が持っているのが自分の結婚式の写真であることを知って、手で遮った。彼は怒るでもなく、若干笑ったように見えたが、ウニョンはその瞬間、気づいた。父が自分の結婚式を記念にしたいとも、包装したいとも思っていないことに。

結婚したとき、ふたりとも二十歳だった。結婚式のときすでにお腹のなかにウニョンがいたということを、ウニョンはずっとあとになって祖母から聞いたのだが、父が手で遮ったのを見てからはもう両親の結婚記念日を思い出さなくなった。

入り口に立っていたハウンがスマホを見せながら、ウニョンを呼んだ。僧侶からメールが届いていた。

〈先に行ってますね。ゆっくりお越しください。ジヒョン〉

キュオクは引燈の担当者が来るまで動かないだろう。だからウニョンも待った。引燈の担当者が来るのを。朝の陽ざしが境内の半分ほどを埋めた頃、ようやくキュオクは壁面に少女の燈を灯した。

ウニョンは礼山から帰ってきても、そのことを長いあいだ忘れなかった。

三人は冥府殿を出て、近道らしき道へ向かった。そこにあるはずの禅院の案内板がどうしたわけか見あたらず、代わりに磨崖仏が見えた。磨崖仏の前を掃いていたおじいさんが山道を指さして言った。この道を行けば禅院はすぐだと。だから三人は山道をのぼっていったのだが……。キュオクは山に入るなり水を得た魚のようだった。ハウンもおばあちゃんのあとをついていった。一番息を切らしていたのはウニョンだった。ウニョンはそのうち岩に座り込み、先を行くキュオクとハウンを眺めた。タンブラーの水をひと口飲んで見ると、ふたりはずっと先を歩いており、もうひと口飲むと、もっと遠く離れていた。視野から完全に消えないくらいのところでふたりはウニョンを待ち、だいぶ追いついてきたと思ったら、またふっと行ってしまった。ひとりはウニョンを産んだ女で、もうひとりはウニョンが産んだ女だった。

「しまった、この道じゃないみたい」

どんなに歩いても禅院が見えてこないので、キュオクが言った。三人はなんとなく気持ちが緩み、最初から山登りにでも来たかのように、恰好のよい岩や木を見つけては写真を撮った。その日の朝、徳崇《トクスン》山をさまよいながら、彼女たちはいろんな写真を撮った。先を歩いていたキュオクが振り返って撮ったと思われる、ハウンとウニョンが間隔を置いてのぼっている写真。スリングバッグを勇ましく斜めにかけたハウンが、キュオクを見て笑っている写真。ウニョンが曲がった松の木にもたれて、タンブラーをあごに当てて笑っている写真。ようやく現れた禅院の屋根を見ながらキュオクが膝をたたく写真。

磨崖仏の前を掃いていたおじいさんが、今度は禅院の庭を掃いていた。三人がずいぶん迷ったことを知っているのか知らないのか、彼は素知らぬ顔で寮舎棟［僧侶たちが寝泊まりするところ］を指さした。なかに入ると、テンプルステイの一行がひとりの僧侶を囲むようにして座っていた。担当のジヒョン僧侶ではなかった。

「男の僧侶様だね」

ハウンがウニョンにささやいた。目の前には有名な大僧正［最高位の僧］が座っていた。白い眉毛の彼は、がんで闘病していた頃の話をしているところだった。かつて末期のがん患者だったのが信じられないほど健康で丈夫そうだったし、このうえなく穏やかで慈愛に満ちたまなざしでみんなと目を合わせていた。ユーモラスな老婦人とキュオクは僧侶の言葉にすっかり魅了され、フリースジャケットの男性もかなり感服しているようすだった。

ウニョンは猫と暮らしている女性に訊いた。僧侶様はどこに行ったのかと。わたしたちの担当のジヒョン僧侶様。彼女は知らないと首をふり、また大僧正の話に集中した。十数年前か二十数年前か、大僧正は吐血と下血の末期症状を抱えてアメリカに渡った。誰も知らないところで、誰にも迷惑をかけずに死にたいと思って。そんなときでも修行だけはかかさず……アメリカという広い地で自分を頼ってくれる信者に会い……それらの過程を経て、いまでは揺るぎない物語を抱えた大僧正となった。実はウニョンもこういう話に夢中になる方だった。死の苦しみを経験した人の前で謙虚にならない人などいない。

山門は午前中にすでに閉められ、禅院のどこにも人の姿がなかった。テンプルステイの一行が本当に最後の観光客なのだろう。彼らは禅院の庭でひとりずつ大僧正と写真を撮った。

「まったく修行の力ってすごいわねえ。末期のがんに打ち克つんだから」

キュオクは大僧正を見ながら言った。

「お母さん、大僧正様の病気が治ったのはジョンズ・ホプキンズ病院で治療を受けたからよ。サムスンの李健熙《イゴニ》ががん治療を受けたとこ。ジョンズ・ホプキンズ」

そう言ったもののウニョンも、もしかしたら修行の力なのかもしれないと思った。彼は厳しい修行を積んだ禅僧だった。当代きっての善知識［高徳の僧］だった。その足跡は歴史にも残るだろう。キュオクがわたしたちも一緒に写真を撮ろうと言った。ウニョンはキュオクとハウンだけ行かせ、そこに残った。大僧正の隣でほほ笑むような気分ではなかった。それだけはしたくなかった。

ウニョンはスマホを持ったまま、もうすぐ安居に入る禅院ばかり見つめていた。一行はすでにジヒョン僧侶と挨拶を済ませていたのか、別れを惜しんでいるようすはなかった。ウニョンも最後に何か言いたくてスマホを開いたが、メールを送ることはできなかった。かなり迷ったけれど電話もかけなかった。

禅院をあとにする前に、テンプルステイの一行は庭で団体写真を撮った。大僧正が通用門を開けてくれた。みんな頭を低くして、ひとりずつ、その小さな門を抜けた。ウニョンはずっと後ろを振り返りながら最後に出た。ウニョンが出ると同時に、己亥年の山門はすべて閉められた。

日曜日なので、禅院の外の石階段には登山客が大勢いた。傾斜のきつい階段を下りているときに、ウニョンはふと手に何も持っていないことに気づいた。頭のなかが真っ白になった。

「お母さん、ハウンと一緒に先に下りてて。わたし、タンブラーを探してくるから」

ウニョンは登山客を押しのけるようにして石階段を駆け上がった。期待と絶望が交差するなかで、ウニョンは息をするのも忘れて走った。キュオクとハウンが大僧正と写真を撮るのを見ていたときは、まだタンブラーを持っていた。いつ手放したのだろう。一行が出た通用門は固く閉まっていた。ウニョンは禅院を囲む塀に沿って歩きながら、門が見えるたびに揺すってみた。冬安居の準備を終えた禅院のなかからは、何の気配も感じられなかった。塀が少し低くなったところでウニョンは立ち止まった。禅院の側面にある四つの間《ま》、正面の七つの間《ま》、殿閣が目に入った。それらを一つ一つ見ていたウニョンの視線は、石段の上に留まった。石段の端の方に赤い物体があった。

それは確かにウニョンのタンブラーだった。ウニョンのものだった。

ウニョンは塀の外で、塀の内側を眺めた。眺めては、また眺めた。手を伸ばせば届きそうなのに、決して届かないだろうという感覚が伝わってきた。とても確かな感覚だった。幾度となく探しては見つけてきたけれど、とうとう失くしてしまったのだ。季節がめぐってももう取り戻すことはできないだろうと、わかっていても受け入れられないまま、ウニョンはぼうぜんと立っていた。

キュオクから電話がかかってくるまでウニョンはその場に立ち尽くしていた。石階段を下りていくと、中間辺りでキュオクがひとりウニョンを待っていた。

「ハウンは？」

ウニョンはいきなりそう訊いた。

「みんなと先に下りていったわよ」

「ひとりで先に行かせたの？　わたしがいないときはお母さんがついててよ！」

ウニョンは急に腹を立てた。

「ひとりじゃなくて、みんなと一緒に行ったのよ」

下りていくあいだ、ウニョンはひと言も口をきかなかった。キュオクが隣にいるウニョンを横目でちらっと見た。

「わたしはあんたぐらいの頃、四十を過ぎたばかりの頃かしら、そりゃ楽しかったのよ。どこに遊びに行っても楽しかったし、何を食べてもおいしかった。一番いい時よね」

ウニョンは何も答えなかった。

「いまの世の中、いくらでも楽しいことがあるでしょ。いいことばかり」

ウニョンは歩みを緩めた。足の力が抜ける心地がした。しばらく忘れていた。キュオクと自分のあいだには縮められない距離があるということを。わたしとは全然違う人だったよね、あなたは。わたしがどんな選択をしても、あなたに認められ応援されることはないと、ウニョンは長いあいだ思っていた。もしかしたらいまでも、相変わらず。

梵鐘閣の前に、ハウンとテンプルステイのみんなが集まっていた。猫と暮らしている女性がハウンにスマホのなかの写真を見せていた。老夫婦が感心だというふうにハウンに何か話しかけた。小学生のとき十一月十一日を待っていた女性も話の最後にふっと笑った。彼らはウニョンとキュオクの姿が見えると、ハウンをちゃんと保護していましたよというふうに自然と離れていった。ほっとしたのと虚しさが同時に襲ってきて、ウニョンはへなへなとその場に座り込んだ。

「親しくなった頃にお別れですね」

誰かがそう言い、テンプルステイの一行はそれぞれの家に帰っていった。もう会うことはないだろう、お互い。

日曜日の午後の西海岸《ソヘアン》高速道路を走り、キュオクを途中で下ろしてから帰宅したときには、もう夜も更けていた。いつもの空間に戻ってくると、ほんの数時間前に徳崇山をさまよっていたのが嘘のようだった。それでＳＮＳを開いてみたら……テンプルステイの団体写真が誰かのインスタグラムに載せられていた。フィードを見ると、小学生のとき十一月十一日を待っていた女性が投稿したものだった。「#修徳寺　#修徳テンプルステイ」というハッシュタグがついた写真には、キュオクとハウンとウニョンが、憂いに満ちた顔をしたフリースジャケットの男性が、老夫婦一家が、スマホに猫の写真をいっぱい入れていた女性が、もうすぐ結婚するという男女が、笑っていた。一行の背景には砂色の石段が、その上の方に七つの扉がある禅院の殿閣があり、写っていないけれどどこかの間《ま》には担当の僧侶が、ウニョンにお先にというメールを送ってきた僧侶がいるはずだった。写真のなかのウニョンはタンブラーを持っていなかった。

月曜日の朝、ハウンは学校に行き、午後になって帰ってきた。ウニョンがキュオクに電話をかけて肌の具合はどうかと訊いているとき、ハウンがかばんからペペロを一箱取り出した。

「ママ、さっき十一時十一分に何してた?」

ウニョンはぽかんとハウンの顔を見た。いくら振り返ってみても、その時間がどう過ぎたのかウニョンは思い出せなかった。

作家ノート

小説を書いているあいだ、イルン僧侶が寺の食事について書いた本をよく読みました。大根をたくさん食べると胸やけしないとか、初冬のワカメと晩春のワカメは違うという文章を読むと、その日はなぜか筆が進みました。ムク［どんぐりを粉にし水を加えて煮固めたもの］にエゴマ油で焼く食べ方があることや、僧侶たちは外出をするとき、ほんの少し水でふやかしたおこげを食事の代わりにする場合もあることを知りました。母ふたりに娘ふたりの三人の女性が、初冬に、初冬の食べ物があるところに行って、一晩泊まってくるのもいいなと思いました。

アリアドネーの庭園

ソン・ウォンピョン

年老いた女になるつもりはなかった。その日その日を生きているうちに、いまにたどり着いただけだ。ミナは時折、自分が二十代だった頃を思い出してみる。その頃に読んだ小説、映画、ドラマに出てきた元気いっぱいの主人公たちとおなじ年頃だったとき。誰が見てもミナが、ミナの世代が、この世界の主人公だった。今日の翌日は、わくわくする未知の明日だった。ましてや老年なんて、想像もつかなかった。ミナが思い描く遠い未来は、ほどよい騒音が聞こえてくるのどかな海辺と似ていた。そのなかでミナは、若さゆえの生気は失ってはいるものの、相も変わらぬ美しい顔で、誰かと仲睦まじく、しわだらけの手を取り合って、水平線の彼方を見つめている。

だから、いまという日は、自分とはまったく関係のない他人のものでなければならなかった。

自動音声が淡々と健康指標を読みあげた。ビタミンDが不足しているというまとめのアドバイスが終わると、カーテンが開き、強い陽ざしが部屋のなかを埋めた。これらはかつて映画でしか見られなかった未来の風景だが、いまではもうひと昔前の技術だ。突然の光の噴射に、床も、壁も、ひと月に一回洗う白いシーツもまぶしく光る。

ミナはゆっくりと起き上がった。体を動かすたびに、この重くて硬い感じがいつから肉体を支配するようになったのだろうと考えてみるのだが、思い出せない。土に還れと手招きする重力に逆らう節々のあがきがむなしい。そうして今日も彼女は壁の鏡に映った自分の顔と向き合う。こんなになるとは予想もしなかった年老いた顔で、ゼエゼエと息を吐き出す。これほど明るい陽ざしですら、鏡に映ったミナのしわと、弾力のない肌を漂白することはできない。その点では人工の陽ざしもまた、現実に近い鮮鋭度だといえるだろう。

部屋の隅の方からモーツァルトの旋律が朗々と響いた。食事の時間を知らせるチャイムだ。その音楽を聴くと、ミナの体のなかで小さな反応が起きる。その昔、学校で休み時間を知らせるチャイムもこの曲だったような。それとも宅配便がどんと玄関口に置かれたあと、小さなアパートのなかに響き渡ったインターフォンがこれだったか。ウィーンに旅行に行ったとき、シェーンブルン宮殿での夏の音楽会で見た、ウィーンフィルハーモニー管弦楽団のアンコール舞台もこの曲だったような気がする。その頃は何もかもが飛ぶように速かった。歩くのも、呼吸も、友達に呼ばれてさっと振り返る動作ですらも。いまではすっかり錆びついてしまった。それでも生きているがゆえの本能には勝てない。いまでは学校や宅配やシェーンブルン宮殿などは隅に押しやられ、モーツァルトの旋律が聞こえてくるとミナの口のなかには唾がたまり、空腹が襲ってくる。恐ろしい本能だ。

毛羽立ったスリッパが床をずるずる擦っていく。ミナの足取りは重いが、遅くはない。食事の時間を守らなければご飯は食べられない。それがミナの住んでいるユニットDの原則だ。ユニットA、B、

ＣとおなじくユニットＤもまた各地域に点在する。高齢者の人口が全体の絶対多数を占める現代社会において、ユニットはなくてはならない存在だ。ミナの暮らすユニットＤの正式名称は「アリアドネーの庭園」だ。それぞれのユニットにはさまざまな名前がつけられており、誰も露骨にＡ、Ｂ、Ｃ、Ｄなどとランク付けをして呼ぶことはなかった。だがその昔、公共賃貸マンションがそうだったように、アリアドネーの庭園と聞いた瞬間、Ｄランクのイメージが記憶に刻まれるのだった。かつてミナは婚活市場で最上位に属する会員だった。ところがいまは、最下位のＦランクをかろうじて免れたユニットＤの一員でしかない。いつのまにか歳を取ってしまったように、人生の指標とランクも長い歳月を経てそうなった。

ただ、今日のミナの気分はさほど悪くない。彼女には楽しみにしていることがあるのだ。

年寄りばかりの食事の光景は、決して静かとはいえない。彼らの出す音は、活気ではなく騒音に近かった。まったく、歳を取ると行動に慎みがなくなる。かなりの集中力と自覚がなければ、静かに、敏捷に、動くことができなくなる。体が鈍るだけでなく、自分の出す音すらよく聞こえない。食器がガチャガチャぶつかる音、ご飯をくちゃくちゃ嚙む音、あちこちから体のなかに溜め込んだ痰や唾を吐き出す音が聞こえてくると、食欲もなくなりそうなものなのに、彼らは別に気にもせずに食べ続ける。ユニットＡではこういうことはめったになかった。ユニットＢに移ったときも少数の人にだけ見られた。ところがこの光景はユニットＣから増えはじめ、ユニットＤではごくふつうになる。ミナはもう、騒音のなかで毎日のように起こる幼稚な争い、偏った話、つまらない悪口と喧嘩の末に起こる暴力を目撃することに慣れてしまった。

食堂のテーブルの上には、すでに食事のトレーが並べられていた。料理の量によって区切られていたので、男女が自然と分かれた。ミナは一番奥のテーブルの方へいそいそ歩いていった。そこは〝本物の陽ざし〟を浴びることのできる数少ない場所だ。ところが、ミナが腰を下ろそうとしたとき、誰かが向かいの席にどっかり座って、陽ざしを半分ほどかっさらった。

「やかましい年寄りどもだこと……朝っぱらからイヤだねえ」

凛とした声でそう言うのはジユンだ。ジユンは向かい側の年寄りたちをじろりと見やると、薄くてしわだらけの唇をもぐもぐさせながら、彼らが争っているいきさつを詳しく説明しはじめた。彼女は何かと年寄りを悪く言うので、ひょっとしたら自分は若いつもりなのだろうかとミナは思うのだった。

ミナはジユンとおなじ階の、すぐ隣の部屋を使っている。ユニットＤに来たばかりの頃は、知り合いができてよかったと思った。ふたりは同い年で、似た者同士だった。ミナがＵ２が来韓したときにコンサートに行ったと言うと、ジユンはイギリスでオアシスのコンサートに行ったことがあると言った。ふたりはおなじ地域の大学に通い、共通の文化と、最近の世紀末を経験した。そのせいか、ジユンと話しているとミナは心が安らいだ。ところがしばらくして、ミナはジユンがうっとうしくなった。ジユンに自分の好き嫌いや、過去を打ち明けたことも後悔した。共通点はそこまでだった。そのあと、つまり三十代の半ばから、ジユンとミナの人生はまったく異なる軌跡を描きながらどんどん遠くに離れていったかと思うと、あるとき、ここユニットＤで奇妙な接点を見つけることになる。

ジユンとの会話はいつも過去ばかりを向いていて、自分のことを隠そうとしない彼女の優越感は想像を絶した。夫との恋愛話、満ち足りた結婚生活、労力を惜しまなかった子どもたちの私教育、不動産と株式によって増やした資産の話など、ミナとはまったく住む世界が違う、つまらない童話のような話だった。

　ミナは結婚も出産もしなかった。それでも自負心を持って、まじめに会社勤めをした。会社はソウルの中心街にあったが、ワンルームマンションから始まったミナの住居はしだいにソウルから遠ざかり、定年まであとわずかという年、ようやく首都圏に小さな古いマンションを買った。早めに結婚し、借金をしてでも中心街に家を買っていたら、何かが違っていただろうか。ミナは歩めなかった人生の方が正しかったのではないかと思い、悔やんだ。ジユンに会えてよかったのは、人生に正解などないということがわかったからだ。ジユンには悪いけど、それでずいぶんほっとさせられた。誰もがうらやましがるような、そうありたいと願う人生を送ったジユンも、結局はユニットDにいるではないか。

　両親が亡くなってから、ミナはひとりしかいないきょうだいとも疎遠になり、家族がいないも同然だった。定年退職後は小遣い稼ぎをして生計を維持したが、ミナの小さなマンションから支給される年金〔高齢者が所有する住宅を担保に、国が一定の収入（年金）を保証する制度〕は長い老後を保証するのに十分でなかった。ミナは自らの足でユニットに入った。初めはもちろんユニットAだった。ユニットAでの生活は快適で、入居者たちは最上位の富裕層とまではいかなくても、上品で教養のある人たちだった。政府から補助金も下りたが、自己負担も大きかった。ミナはせいぜいユニットBが人生の終着地になるだろうと思っていた。思った以上に長生きしてユニットDにまで来ることになるとは、まったく予想もしていなかった。そういう意味ではジユンの方がミナよりももっと絶望を味わっているはずだ。それでもジユンと一緒にいると、ミナは耐えがたい感情に襲われることが多かった。自分なんかに優越感を抱くジユンが不憫でもあり、うざったくもあった。

　自分の言ったことにミナがこれといった反応を見せないので、ジユンはミナの顔をじっとのぞきこんだ。

「何かいいことでもあるの？　顔にそう書いてあるけど」

　それとなく探りを入れてくるジユンに、ミナはそんなんじゃないと言いながらご飯を口に運んだ。しかし、それで引き下がるジユンではなかった。

「Tell me. What makes you so *thrilled?*」

　ジユンが英語でささやいた。ネイティブの発音とまではいかないが、イントネーションと話し方は幼い頃から英語を習っただけある。しかも結婚後、夫とアメリカに三年ほど暮らしたのだからごく自然なことだった。だが、ジユンが英語で話すのはよくない兆候だ。その後の行動パターンが予想できるからだ。

「Oh I see. *They're coming.*」

　ジユンは「They」を強調し、訝しげな顔で話を続けた。

「ええ、久しぶりに」ミナがさりげなくそう答えると、ジユンの顔はしわくちゃになった。ジユンは不吉な兆候を予言する荒野の魔女のように歯ぎしりした。

「あたし、言ったわよね？　あの子たちを絶対に入れるなって。信じちゃいけないって」

しわがれ声でうなるジユンの濁った目に涙がたまった。恨めしさや悲しみを代弁する涙ではないだろう。高ぶった気持ちを目で表現しているだけなのだ。黒目と白目の境がぼやけた目をぎょろぎょろさせながら、小刻みに動いた。時折、休憩室でオペラが流れると、ジユンは遠くの方を眺めながら小さな声で歌った。ミナはジユンがひらひらのワンピースを着て颯爽と歩いたであろう美しい家を想像した。リビングから漢江《ハンガン》を見下ろしながら、プッチーニのオペラをイタリア語で口ずさんだであろうジユンを。

「食べないの？　まだ残ってるじゃない」

そう言って話の腰を折ったために、ジユンを怒らせてしまった。次の瞬間、じゃがいもの煮っころがしがミナの顔に飛んできた。ミナの頬に醤油が垂れた。トレーがひっくり返り、ミナは突き飛ばされたテーブルに当たってみぞおちがひりひりした。いつのまにか立ち上がったジユンがテーブルをたたきながら、大声でわめいていた。英語の罵声と呪いの言葉が室内に響いた。警報が鳴り、ＡＩロボットがやってきて、ジユンを連行するかのように引っ張っていった。ミナはロボットに縛られたジユンから顔をそむけた。そして、黙って砂のようなご飯を噛んだ。

部屋に戻ってくる途中、ミナは相談担当のＡＩを呼び出し、ジユンのことを報告した。相談室はないが、音声で呼び出すとホログラムＡＩが姿を現す。入居者の実態を把握するのに役に立つ情報や苦情を提供するとＲＵ（生活評価指数）が高くなるので、些細なことでも忘れてはいけない。ＲＵは単純に生活評価指数であるだけでなく、キャッシュと同様に使えるので、ＲＵを貯めるのはとても大切なことだ。だが、ユニットＤの入居者はそういうことにいい加減だ。彼らの体に染みついているのは無気力と、対象のない叱責だけだ。

受付と事実関係の評価があっというまに終わり、空中にぷかぷか浮いている仮想のＡＩは、ミナの生活評価指数が０・３点上がったと報告した。

「ミナさんは本当にまじめですね。ＲＵを貯めるのはむずかしいのに。とても几帳面です」

よく通る澄んだＡＩの声が皮肉っているようにも聞こえた。ユニットＢから寄贈された古い感情型ＡＩなのだが、時折おかしなことを口にする。「しょせんプログラムだから」と納得するには、どこか曖昧なところがあった。欠陥があるからなのか意図的なのかわからないだけに、気持ちがすっきりしなかった。

「ミナさん、お客様がお見えです」

通りすがりの事務員ＡＩが話しかけた。ミナはそう聞いたとたん、胸のなかにうれしさが広がった。いまミナをこんな気分にさせてくれるのは、あの子たちだけだ。あっというまに気だるい倦怠感を投げ捨て、早足で歩く。廊下の一番奥にある部屋のドアがほんの少し開いており、その隙間から光が漏れている。ミナは上機嫌で重いドアを押した。

「こんにちは」

光の情景のなかでユリとアインが自分を見る。光を背にして座ったユリと、そのそばに立っているすらりと背の高いアイン。ふたりは美しい構図の絵のように、ミナを見つめている。

ミナは古い湯飲みに配給されたローズマリーのティーバッグを入れ、熱い湯を注いだ。ふたりがいるだけで、部屋は無彩色から華やかな色合いを帯びた。ピンクの生地に金色のボーダーラインの入った厚めのラウンドＴシャツを着たユリが、熱い湯飲みをそうっと受け取った。腰の辺りまで垂らしたユリのくるくる髪は、光に当たると灰褐色に変わる。三日月に似たアインの目は、夜の海を思わせた。

　ミナはふと、自分の体臭が気になったが、幸いにもふたりは気づいていないようすだった。

「この前の聖堂のお話、眠れないほど面白かったです」ユリがお茶をすするよりも早くそう言った。単刀直入に本論に入るところが若々しくさわやかだ。

「街でタロット占いをしたときに会った男の人とは再会したんですか。ほら、『これが運命なら、またきっと』って言った男の人。そのあとどうなるんだろうって思うと、胸がドキドキして一睡もできなかったの」

「急かすなよ。おばあちゃん、びっくりするじゃないか」アインがユリにほほ笑みながら叱った。それから自分たちの言葉で何やら話したのだが、次の瞬間、ユリの瞳が微妙に揺らぎ、何かをためらっているような顔つきになった。舌に熱いじゃがいもを載せたような発音と、舌足らずでスタッカートを思わせる彼らの言葉は、ミナにとっては理解できない音楽だった。ユリはアインの言ったことを簡潔にまとめると、目を輝かせてミナの顔を見た。

「でも聞きたいな。おばあちゃんのラブストーリー、とっても面白いんだもん」

　ユリはミナの話が好きだった。よい聞き手であるユリがミナの話に耳を傾けているあいだ、アインはひとり、部屋のなかを念入りに片づけた。ふたりが来ると、小さな部屋がミナの空間になる。客をもてなす主《あるじ》になった気分。ちょっと重要人物にでもなったような感じ。ふたりはミナにそんな喜びを与えてくれる。

ミナのレパートリーのなかで、ユリが一番好きなのはラブストーリーだった。何度おなじ話を聞いても飽きないと言った。ミナにも愛のない人生は無意味だと思っていた時期があった。だからミナは、自分が経験したいくつかの恋を物語に仕立てて聞かせてやった。エンディングはいつも美しかった。裏切りや稚拙さ、どろどろの人間関係はなかった。ミナの恋はドラマチックで、運命のごとく始まり、余韻を残して終わった。歳月に溶け込み、地平線に沈む赤い太陽のように。恋は、過去となってしまった恋は、美しくなければならない。少なくとも物語のなかの恋はそうでなければならなかった。ミナは今日も語って聞かせる。

「だからわたしはサグラダ・ファミリアの灰色の階段を上っていったの。その日はなぜかあまり人がいなかったわ。信じられる？　いつもは大勢の人であふれる観光地なのに。狭い階段を上ったのはわたしだけ。そのうち糸車をまわす魔女の部屋に出るんじゃないかって思うくらい、果てしなく階段が続くの。ところが、階段を上りつめたところには素敵な風景が広がってた。そこに彼が立っていたの」

ミナの頭のなかに、未完成のサグラダ・ファミリアと、ぐるぐるまわった螺旋階段が思い浮かんだ。若さゆえに輝く、豊かな時代だった。風に吹かれていた優しそうな顔。理知的で、しかも柔和な印象。ロマンチックで情熱的だった彼と過ごした、真昼のように明るい夜。いくつもの大陸の血が混ざっていたので、自分は無国籍者だと言っていた不思議な男……。いまも彼の息遣いが手に取るように感じられる。ミナは長いため息をついた。

　夢見るようなまなざしで聞いているユリの後ろで、アインが窓ガラスを拭いていた。ふと、アインが古い記憶のなかの彼と似ていると思ったその瞬間、ミナの意識は現実に戻された。彼の名前すら憶えていないのに。ミナは、色褪せた髪の毛で、ぼやけた瞳で、恋を語っている自分が貪欲に思えてきた。

　アインが拭いているガラスがキイキイと音を立てた。二重になっている分、隙間がある。ガラスが曇っているのは、その隙間に埃がたまっているからだろう。いまの自分の境遇はいくら拭いても透き通らないガラスに似ている、とミナは思った。夢中で話しているときは気づかなかったが、ユリがあくびをしていた。目を輝かせて聞いていると思っていたのに、ひょっとしたらずっと眠そうにしていたのかもしれない。アインがいつも浮かべていると思っていた淡い笑みも見えなかった。ミナは慌てて話を締めくくった。この子たちが自分に深く好意を持ってくれていると信じているのは、ミナの錯覚なのだろうか。

　ユリとアインは、ユニットに来て掃除をしたり、老人たちの話し相手をする福祉パートナーだ。ＡＩが代替できる仕事をする人、しかも二十代半ばの若者と話をする機会はなかなか与えられない。福祉パートナーとのマッチングを望む場合、まずは申請をしなければならないのだが、申請の手続きをするだけでＲＵからびっくりするほど指数を差し引かれ、しかもうまくいく確率は極端に低い。とりわけユニットＤではほとんど前例がない。だからほとんどの入居者たちは、そうでなくても足りない

ＲＵをおやつや生活用品を買うのに当てる。ミナは違った。彼女は高い指数のＲＵを使って申請し、長く待たされた末にようやく彼らとつながった。チャンスをつかむためには思い切って投資する必要がある。紆余曲折の人生を送ったあげくユニットＤの入居者になってしまったが、今後はそうやって生きていかなければならない。チャンスはチャンスを産む。こんな活気のないところでも、ミナはどうにかしてチャンスを見つけたいと思った。

こんな世の中になると誰が想像しただろう。わずか数十年のあいだに移民の数がこれほどまでに増え、単一性の文化が完全に崩壊すると、誰が断言できただろうか。想定外の未来ではない。危惧されつつも、まさか本当にそうなるとは思っていなかっただけだ。移民政策に失敗した国々を例に挙げ、他民族の性向について言及しながら、誰もが強く否定し、反対した。そうやって意見を述べていれば現実を守れるのだと信じて。いずれにせよ、現実がそうであるように、それもまた過ぎてしまったことだ。

いつの頃からだったか。ミナの眉毛がめっきり白くなりはじめた頃だったと思う。少子化問題はすでに自国民だけではどうすることもできない状態になっていた。方法はただ一つだった。政府は国民の強い反対を押し切って、めっきり落ち込んだ出生率がもたらす災いを防ぐために、移民の受け入れ政策を取った。各国の移民が波のように押し寄せ、しかも、それに適応したり具体的な対策を講じるよりも早く、いきなり南北が開放されたのだ。かつてなかった混沌が小さな国を強打した。単一性が支配していた悠久な文化が、あっというまに多様な人種と階層が波打つところと化した。この国はいつもそうだが、すべての変化が一瞬にして起こる。

若い頃にこのような記事を新聞で読んだらどうしただろう。小ばかにしたり、まさかと思ったり、十秒ほど心配してからまた日常に戻ったはずだ。だが、未来はいつのときも想像を超えており、その時点で振り返って見る過去は愚かで、純粋でしかない。

ユリとアインはこの国で生まれ、本国には一度も行ったことがない。実際に、彼らが本国と呼ぶところはすでに地図の上から消えていた。つまり、ふたりはこの国の国民なのだ。しかし彼らの家には本国の文化が依然として残っており、家族の言葉がしっかりと伝承されていた。この子たちはその境界を行き来しながら生きてきた。百五十年前からヨーロッパやアメリカで繰り返されたことだ。にもかかわらず、この国の変化にミナはいまでもなじめないときがある。

「ほどほどにね。そんなに一生懸命しなくていいのよ……」

タオルをきれいにたたんでいるアインにミナが話しかけた。アインはほほ笑みながらやるべきことを続けた。ユリのように人懐こくはないが、まじめな子だ。

「おばあちゃんはわたしたちを可愛がってくれるから好きです。隣の部屋のおばあちゃんはそうじゃないけど」

ユリが言った。

「そう？」

さりげなく訊き返しただけだが、アインが動かしていた手を止めた。繊細な眉間にうっすらしわが寄った。

「ここに来ると必ず会うんです。どこからか現れて、おまえたちみたいなのはみんな追い出してやる、とか、消えてしまえ、って呪いの言葉をかけたり、告発してやるぞって脅したりする人に。僕たち、何にも悪いことしてないのに。信じられない、あんな年寄りがいるなんて。歳を取るとみんな、ああなのかな」

興奮のあまり、アインは自分が何を言っているのか気づいていないようだった。ミナは部屋のなかに気まずい空気が流れないように、わざと笑みを浮かべた。

「歳を取ったらどうなるのか誰にもわからないけれど、確かなのは、変わるってことね。隣のおばあちゃんだってそう。名前はジユン。もう誰も名前で呼んだりしないけどね。ジユンはそりゃ裕福な暮らしをしてたのよ。なのに、いまじゃ何にも残っていない。いつのまにか自分の名前が消えてしまったように」

話しているうちにミナはジユンに同情していた。同情心はやがて密かな自負心に変わった。多くのものを失ったジユンと、失ったものの少ない自分の人生は逆転したのだ。結局は自分も彼女とおなじユニットDの入居者だということも忘れて、ミナはそんなことを思った。その間、ふたりはまた自分たちの言葉で話した。今度はずいぶん長い会話だったので、ミナはずっと黙って聞いていた。

「それより、おばあちゃんの夢は何ですか」

いきなり、アインが質問を投げかけた。アインの口から出た言葉にしては、あまりに唐突だった。

「あ、だから、どんな夢を見るのかなって」アインが言い直した。「この頃よく夢を見るって言ってたから」

そうだった。老年に差しかかった頃は寝つきが悪かったが、あるときから一転して睡眠時間が増えた。寝ているあいだ、ミナの頭のなかはありとあらゆるイメージと登場人物で揺れ動いていた。眠りから覚めたとき、頭がぼんやりしているのは、夢のしっぽが眠りをつかんで離さないからかもしれない。それなのに夢の内容はほとんど覚えていない。断片的なイメージだけが、色褪せた写真のようにぽつぽつと浮かんでいるだけだ。睡眠時間が増えるのは死が近づいてきているからではないだろうか。死。完全な終わり。実のところ、死こそがミナの密かな夢だ。

もちろん、若い頃も死について考えたことはある。現実から逃げ出したいとき、深く絶望したときに誰もがそうであるように、ミナも本能的に死を思った。いまはあの頃とは違う。いまのミナにとって死は逃避ではなく、心からの望みであり、切実な願いだった。

死ほど階級を浮き彫りにするものはない。遠い昔から死は階級をあらわす手段だったのだが、それは現代でもおなじだ。だが死は進化した。以前にはなかったいくつかの形態とパターンができたのだ。最上位の階層は肉体が消滅したあとも、データベース化した脳の情報を保存しておく。人権問題が解決した日には、脳に保存した人格体のデータを他人の体にＵＳＢのように挿入し、肉体から肉体へと移りながら永遠に生きられるかもしれない。幸いにも二十一世紀後半のいまでも、それは依然として未知の領域だ。いまの最も普遍的な死はＭＯ、かつて安楽死と呼ばれていた死だ。二十世紀の半ばを経て、誰もが夢見た尊厳のある死がふつうの領域に入ってきたのだ。

もちろんＭＯにも一定以上の金額、あるいは家族の同意が求められる。表向きの理由は人権問題だ。

しかし、いまも昔も人権という概念には盲点がありすぎて、人権のために人権が蹂躙されるケースが往々にしてある。単身世帯の安楽死は、手続きがかなり面倒だ。その人の死が緻密に企てられた殺人ではないことを証明する人がいないからだ。手続きができない、つまり行政コストがなく、証人になってくれる家族もいない人は、ＭＯという人道的な死の恩恵を受けることができず、伝統的な死を迎えるしかない。伝統的と言うと聞こえはいいが、ユニットＦに収容され、日に日に肉体が衰えていくのを目の当たりにしながら、醜く消えていく原始的な死だ。そのような死が人類の歴史の大部分を占めていたことは、いまの社会において何の気休めにもならない。

　実際、政府が単身世帯のＭＯに強い規制をかけるのは、国家の経済を支える大きな軸を残しておくためだということを、ミナは知っている。年寄りが死なずに頑張ってくれないと、ユニットはうまくまわらないし、体制は維持されない。死とは経済なのだ。このままだとミナは近い将来、最下層の保護施設であるユニットＦに流されるかもしれない。意識のない重度の認知症の高齢者、病気の人、他のユニットで問題を起こした人たちだけで構成されたユニットＦでの生活など、想像したくもない。他の選択肢として路上をさまようこともある。だが、路上生活は過去と比べものにならないほど危険だ。ずいぶん前にできたスラム街では、しょっちゅう険悪なやり方で怒りが表出されているのだが、その対象はほとんどが高齢者の女性だ。だからいまの状況でミナがユニットを離れるのは不可能だ。一日一日を耐え忍んできたミナの生は、次のステップへ落ちるのを待っていた。みずからが歳月によって蝕まれていくのを見ながらも、命を絶つ勇気がないのは嘆かわしいかぎりだ。

　でもこの子たちに、死ぬのが夢だなんて言ってはいけない。それだけは万全の備えをしたうえで最後の最後に打ち明ける秘密なのだ。

「おばあちゃんの話を聞いてると、夢を見ているような気分になれるの。だからうらやましいときもあるんです。わたしたちは夢そのものを奪われているから」ユリが言った。

「僕たちは島を漂流しているんです。以前はただ、素朴な夢を見るだけでいいと思ってた。平凡で人間らしく社会の一員として、学校に通って、仕事をしてお金を稼いで、日々の暮らしに満足しながら。でも、だんだん夢が近づいてきたなと思ったら、次の瞬間には遠くに行ってしまう。夢は夢のまま、いまにも手が届きそうなまま」アインが話を続けた。

「なぜそう思うの？　若いんだから、何だってできるでしょ」ミナが言った。自分としては心からそう言ったつもりだったが、どうやらアインを刺激したようだった。

「おばあちゃん、本当にそう思ってるんじゃないですよね？」アインの強い語気にはあざけりが含まれていた。さっきまでおだやかだった顔に憎悪がよぎり、堰を切ったようにしゃべりだした。この国に来るまで期待に胸をふくらませていた両親のこと。主流の仲間に入れずに浮いていた成長期。相変わらず目に見えない階級の辺境に立たされている現在。機械に取って代わられた人生を生きていかなければならない未来……。

　ミナは目の前にいる子たちを、来る日も来る日も若さを不安に捧げているふたりを、見つめた。この子たちが幼い頃に侮辱されたり、差別の前で目をつむるしかなかった記憶、自分を守るためには見て見ぬふりをするしかないと思ったときの絶望感――ミナはそれらについて知りすぎるほど知っていた。なのに、ミナは耳を傾けうなずきながら、心のなかでは他のことを考えていた。若いってことはそれだけですばらしいことじゃないの。わたしも若ければ何だってやるのに……。

ミナの心のなかを見透かしたかのように、ユリがミナをじっと見つめた。

「一番腹が立つのは、若ければ何でもできるって思ってること。若さなんてただの殻みたいなものでしょ。いっそのこと体が老いてしまえばいいのよ。希望もないのに長い月日に耐えなければならないなんて、絶望するよりもひどい苦しみだから」

いつだったかミナも、人の気も知らないであれこれ言う大人たちに憤りを覚えた。彼らのせいで自分たちが持てなかったことに対し糾弾していた。なのに若さを失ってきた頃からは、そういった類の不幸がぜいたくのように思えてきた。やがてミナは自分があれほど嫌っていた大人とおなじような人間になった。言い換えれば、老いるということは、理解できなかったことを理解するようになる過程でもあるのだ。

ミナはそっとうなだれた。手が震えていた。しわだらけの荒れた手は自分の意志とは関係なく、いつも勝手に震えた。ミナはまた顔を上げた。ユリが優しくミナの手を握った。温かくしっとりしていた。彼女も、前にいるふたりの若者も、さすらいの異邦人にすぎない。急に得体のしれない悲しみが押し寄せてきたかと思うと、ずっと隠してきた秘密が口から漏れた。

「風景だけは美しかったわ」

ミナがつぶやいた。そのあとの話はラブストーリーではなかった。ふたりには聞かせたことのない、つらかった話が次から次へとあふれた。外国で受けた人種差別、女性であるがゆえの悲しみ、職場で不当な扱いを受けたこと。矛盾に満ちた現実の話だった。しかしそんな絶望のなかでも、理不尽なほど風景だけは美しかった。黄色い雌犬と罵られた異国の観光地も、昇進からしめだされたときにこっそり行ってひとり泣いた非常口の窓から見えた冷たい都会の全景も。もしかしたらミナは、それらの風景に希望を見出したのかもしれない。命綱を離さないでいられる希望を。だがユニットＤでは、もはやいかなる美も見いだせなかった。

ミナの話が幕を下ろした。いつしか人工の太陽は遅い午後を知らせるオレンジ色の陽ざしに変わっていた。ほの白い逆光のなかでミナと向かい合って座っている、ユリとアインのシルエットが濃くなった。

「そんな話、初めて聞きます。おばあちゃんは僕たちと違う世界の人だと思ってたのに」アインが言った。

「わたしたち、家族だから。ある意味」ユリが静かに付け加えた。

その瞬間、ミナのしわだらけの背筋に鳥肌が立った。家族。その言葉が聞きたかったのだ。あれだけＲＵを差し引かれてもこの子たちが来るたびに胸がときめいた理由が、その言葉に集約されていた。

本当の家族になりたいと望んでいるわけではない。家族代行の保証で十分だ。それならミナはＭＯの資格を手に入れることができる。家族代行の保証契約が成立すれば、この子たちにとってもプラスになる。貸し出し、医療サービス、住居地の提供など、いまと比べものにならないほど特典がある。互いに組み込まれることで、言い換えると、疑似家族になることで手に入れられる小さな利益だ。ひょっとして、この子たちもそれを望んでいるのではないだろうか。だとしたら、この話をどう切り出せばよいのか。

希望に膨らんだミナの耳に、突然、ドアをたたくけたたましい音が聞こえた。続いてジユンの甲高い声が廊下に響いた。

おまえたちのせいだ。おまえたちが何もかも奪ったから、あたしがこうなったんだ！
おまえたちのせいで！

耳をつんざくような奇声と殴打が続くあいだ、古い鉄製のドアが微妙に震えた。やがて、一瞬にしてすべての音が消えた。静けさのなかで部屋はさらに暗くなった。ユリとアインの表情もおなじだった。

「そんなに驚かないで。心の病気なのよ」ミナが言い訳でもするように言った。「さっきも大騒ぎだったのよ。一日に二回となると、そろそろユニットFに強制移動させられるかもしれないね」

「あんな頭のおかしい年寄りには、ユニットFだってもったいないくらい。ううん、正直言ってユニットの存在自体が……」

歌が途中で途切れてしまうように、ユリは口をつぐんだ。

「おばあちゃんは、あのおばあちゃんと違うんですか」落ち着いた声でアインが訊いた。

「え？」いつもと違う言い方と思いもよらぬ質問に、ミナは思わず訊き返した。

「もちろん、おばあちゃんは違いますよね。ミナおばあちゃんだもん」

ユリが慰めるようにそう言ったが、声が小刻みに震えていた。

「違うわよ。もちろんよ」ミナの声が切実に響いた。ところがそう言い終わるが早いか、ふたりはまた自分たちの言葉でひそひそ話を始めた。今度はもう少し大きな声で、騒がしい会話だった。聞き取れないふたりの言語が洪水のように部屋を埋めた。いつのまにか会話からしめだされたミナは、影のなかにぼんやり座っていた。ただじっと待っているのがつらいほど、長い時間、意味不明の情報がふたりのあいだを行き来した。ミナにわかるのは笑い声と、自分の方をちらちら見る秘密めいた視線だけだった。気まずさが羞恥心に変わり、羞恥心が悪感情に進化した。ミナは目を伏せるようにしてふたりを盗み見た。耳障りな言葉を吐き出している、生意気な唇をにらみつけた。ミナは初めから彼らの言葉が嫌いだった。その話し方や口調に耐えられなかった。ここは自分の部屋なのに、閉め出されたような気分にさせるふたりの言葉が憎かった。さっきのジユンの叫び声がこだました。彼女の声は耳のなかでしばらく響いたかと思うと、次の瞬間、群衆の喚声に変わった。


大きく開けた口から湧き上がる叫び声が幻影のようにミナを包んだ。ミナははためく旗のもとに立っていた。最後の恋が終わったときだったか、それとも失業してすっかり存在感を失っていた頃だったか。ミナはみじめな状態だった。人生に裏切られても、気力は依然として残っていたあの頃、さびしさと不安な気持ちが雪だるまのように大きくなっていった。やがてその気持ちは敵意となった。他人に国を食われるわけにいかないと、財産を奪われるわけにいかないと、ミナは目を真っ赤にして声高に叫んだ。広場を埋めた大勢の口が、一斉におなじスローガンを唱えた。ジユンがさっき叫んだ言葉とたいして違わなかった。ひょっとしたらあのとき隣に立っていた人は、ミネラルウォーターを差し出して連帯感を見せようとしたのは、ジユンだったのだろうか。

「おばあちゃん」ユリがミナを呼んだ。真摯なまなざしだった。

「実はお知らせすることがあるんです。ずいぶん悩んだけど、おばあちゃんはいい人だからお話しておこうと思って」

ミナは心のなかを見透かされたような気がして、慌てて視線を上げた。いつのときよりも善良な、優しいまなざしでユリが見つめていた。

「おばあちゃんに会うのも今日が最後かもしれません。この前、お知らせがあったんです。これからはここで働かなくてもいいって。つまり、わたしたちは首になったんです。もともとあまり働かせてもらえなかったけれど。ユニットのお年寄りは純粋な自国民がお好きだから。だからおばあちゃんとペアになったとき、とってもうれしかった。でも、おしまいなんです。こんなに突然」

「それでさっきから、この話をどう切り出そうか迷ってたんです」アインが言った。

「名目上そういうことだけど、わたしたちにはわかるんです。目に見えない壁があるってことが。でも心配しないでください。今回は黙っていないから。今晩みんなで広場に集まって、ユニットの廃止を訴えるつもりです」

そう話すユリの顔が見知らぬ人のようで、ミナは思わず訊き返した。

「どういうこと?」

「おばあちゃんにこんなこと言ってごめんなさい。でも、いまのお年寄りたちは本当にいろんな面で恵まれているのは確かです。何のしがらみも束縛もなしに、心置きなく人生を楽しんだ。負うべき責任なんて考えずに。なのに、わたしたちに何もかも押しつけるんです。絶対多数で純粋な自国民という質《たち》の悪い矜持を持って、人を差別し、悪く言い、感謝もしない。そのくせ若い世代が自分たちの面倒を見るべきだって思ってるの。もとはと言えば、彼らが子どもを産まなかったからでしょ？　わたしたちの両親、おじいちゃん、おばあちゃんは、この国の問題を解決するために、いいえ、助けるために、合法的に招かれたんだとばかり思ってました。なのにどう？　何十年経っても状況がよくなるどころか、悪い方にばかり向かってる」興奮したユリが息を吐いた。

「ユニットを維持するためにはものすごい税金が必要なんです。のちの世代に使われるべき税金が、いつ死ぬかわからない人たちのために捨てられている。あ、誤解しないでください。こう思ってるのは移民者だけじゃない。いや、純粋な自国の若者の方がもっとあからさまかもしれない」アインが滑稽だというふうに言った。

「もしかしたらわたしたちは、人種を超えた、若者という名のもとに初めて団結するかもしれません。ユニットを廃止しようという主張は前からあったけど、わたしたちはずっと中立を守っていたんです。ここが好きだったから。でももう違う。怒り狂った仲間たちがユニットを襲うでしょう。最も保安管理のおろそかなユニットDが、最初のターゲットになるかもしれない。おばあちゃんのいるここも安全とは言えないかも。ミナおばあちゃんだけは知っていてほしいからお話してるんです」

　ふたりの話はあまりにも生々しかった。

しだいに大きくなるユニットの規模と個数は、長いこと社会問題とされていた。だがミナはそんなニュースがどこからともなく聞こえてきても、聞き流していた。

庭園という名の尖塔から、出口の見えない地獄のような迷路から、一番抜け出したいと思っていたのはミナ自身だった。

ところがユリとアインにとってユニットは、老衰した人間たちが占領した傲慢な王国にすぎなかった。王国のなかにはミナやジユンのような疎外された国民も存在するけれど、誰かにとっては王国という理由だけで、巨大だという理由だけで、倒すための十分な理由になるのだ。

ミナは唇をぴくぴくさせるだけで何も言えなかった。言いたいことはいっぱいあったが、どこからどう話せばよいのかわからなかった。若い頃に抱えていた悩み、絶望が生んだ数多くのあきらめ、あの頃の社会が、あの頃の上の世代が残した足跡やしがらみについて、言い訳をしたかった。でも、この子たちにそんな話をしたところで何の意味があるだろう。過去の自分が上の世代の話にまったく聞く耳を持たなかったように、この子たちもおなじだということをミナは知っていた。

「おばあちゃんは、ミナおばあちゃんだけは、わたしたちにとって家族でした。もう会えなくなっても、いつまでもいい人として記憶に残ると思います」ユリがつけ加えた。心から感謝し、詫びているようなまなざしで。

「まだわたしたちには時間が残っています。だから、もう少し話を聞かせてください。素敵なラブストーリーを。現実を忘れさせてくれる美しい話を」

ミナはゆっくりと唇を開いた。希望は薄れ、計画は崩壊した。それでもミナは話そうと思った。思い出せない昨夜の夢が織られていった。いつか見た美しい夕焼け、どこかで聞いた神秘的な話の断片が、ミナの口を経てキルトのように編まれていく。光に染まった過去が、永遠に光輝く幸せな物語が、ゆるゆるとあふれ出た。そういう話ならいつまでも聞かせてやれた。

作家ノート

未来は一瞬にして近づき、現在を占領する。
いつも予想もつかない姿で。

訳者あとがき

本書は茶山《タサン》チェッパンより二〇二〇年の春に出版された『私のおばあちゃんへ』の全訳である。帯には「誰も注目しなかった〝おばあちゃん〟の存在を前面に出した初めての小説集」とある。まさか、これまでおばあちゃんが主人公の小説がなかったというのか。思い浮かぶ作品がないわけではないが、確かにおばあちゃんを一人の女性として描いた小説集は初めてかもしれない。

韓国において小説だけでなくドラマや映画でも、おばあちゃんは常に若者の脇役であり、老いが否定的なものとして描かれることが多かった。実際に、六人の作家のおばあちゃん世代には大抵、家族のために自分の人生を捧げ、家族を通して世の中とコミュニケーションをとるという、性別による役割分担があった。視聴者（読者）は女性たちの苦労話にカタルシスを感じるのか、いまなお同情や悲しみの涙を誘う作品が多いように思われる。

レビューや書評を見ると、『私のおばあちゃんへ』というタイトルに惹かれてこの本を手に取った読者が多い。お母さん（オンマ）とはまた違うおばあちゃん（ハルモニ）という言葉には、なにか郷愁を呼び起こす響きがある。私はタイトルを見たとき、若い世代の、おばあちゃんに対する心温まる思い出が投影されているのだと思った。田舎にいる料理の上手な優しいおばあちゃん、家族のためなら苦労もいとわない献身的なおばあちゃん……。だが作家たちの名前を見た瞬間、その期待は裏切られた。彼女たちがそんな都合のいいおばあちゃんを書くだろうか。本書はユン・ソンヒを筆頭に、ペク・スリン、チェ・ウンミ、ソン・ウォンピョン、カン・ファギル、ソン・ボミら、いま旺盛な創作活動をしている六人の女性作家が、「おばあちゃん」をテーマに描いた短編を一冊にまとめたアンソロジーである。女性作家のアンソロジーとしては、同じ出版社から二〇一七年に『ヒョンナムオッパへ』（白水社、斎藤真理子訳）が出版されている。

　このアンソロジーに対して、おばあちゃん世代の作家オ・ジョンヒは次のように述べている。

> この小説集は、現代韓国文学の中心で熾烈な活動をしている作家、六人六色の饗宴であると同時に、長い人生を送ってきたすべての「おばあちゃん」に捧げる賛歌でもある。若い作家たちによって書かれた、それぞれの人生がプリズムのように多彩な光を放ちながら個々の世界を見せてくれるこの小説を読んでいると、老いていく自分の姿や複雑な内面が見え、また、私が生きてきた道をたどる娘の姿とダブり、私が向かおうとしている時間を生きた私の母親の姿がはっきりと見える。その当たり前のことにあらためてショックを受けつつも、私がこれまで長い歳月の中で

犯した数々の過ちや恥ずかしさに対して、少しは寛容になれるような気がする。この作品集は老年に対する通念や偏見を破り、かといって下手なあきらめや和解などせず、むしろ生の不可解さ、人間の存在の神秘さ、長い年月に堪えてきた人が放つ香りのようなものを読み手に伝える。紆余曲折と悲しみと心の傷によって、人間はかくも愛すべき存在なのだということも。

いつの時代も繰り返し言われることだが、とくに韓国は世代間のギャップが著しい。小説においても、特定の世代、特定の集団の話をするのがもちろん悪いわけではないが、しだいにそこに集中する傾向が強くなっているように思う。本書もまた若い作家たちが想像して描いた〝おばあちゃん〟ではある。しかし、私たちが記憶しておきたい女性たちの物語であり、彼女たちの物語をとおして世代間に対話の機会を作り、互いを知ろうとする試みでもあるのだ。

以下、簡単に六編の紹介をしておく。

「きのう見た夢」（ユン・ソンヒ）の「私」は、おばあちゃんになるのが夢だ。「私」には娘と息子がいるが、前妻の子たちだ。死んだ夫の忌日に顔も出さない娘や息子を腹立たしく思いながらも、いつか孫ができたら格好いいおばあちゃんになるために、水泳や口演童話を習っている。離婚や家族との絶縁など、「私」が生きた歳月は決して平坦ではなかった。そんな「私」の日常を描き出している。

「黒糖キャンディー」（ペク・スリン）のおばあちゃんは、交通事故で母親を亡くした孫たちの面倒を見る。孫の「私」は、おばあちゃんの四回忌の日、遺品の中から日記を見つける。そこには父の仕事でフランスに滞在したとき、言葉も通じない国でおばあちゃんがどのような孤独な日々を送ったのか、どんな出会いがあったのか、などが書かれていた。「私」は初めてナンシルという名を持つ祖母の人生を考える。すべては「私」の想像にすぎないけれど。

「サンベッド」（カン・ファギル）のおばあちゃんは、自分の感情をコントロールできないため人間関係がうまくいかない孫娘の親代わりだったが、認知症になり孫のことがわからなくなる。おばあちゃんのいる療養型病院に、孫の「私」が闘病中の友人ミョンジュと一緒に会いに行く話だ。以前は、自分より友人を可愛がるおばあちゃんを恨めしく思っていたが、それは自分が去ったあとひとり残される孫への愛情だったことを知る。

「偉大なる遺産」（ソン・ボミ）のおばあちゃんは厳格で、変わり者だ。祖父の死後、多額の財産を譲り受けて大きな屋敷で暮らしていた。父の死後、孫の「彼女」は母親とその屋敷で暮らすのだが、その記憶は「彼女」にとってトラウマとなる。祖母が亡くなったあと、巨大な屋敷を処分するために「彼女」は十年ぶりにその家を訪れる。そこで祖母の家で家政婦をしていたおばさんと遭遇し、おかしな事件に巻き込まれる。

「十一月旅行」（チェ・ウンミ）は女三代（「お母さんふたりに娘がふたり」）が一泊二日でテンプルステイをする話だ。その過程で、ふだんは知らなかった母親の一面を見ることになったり、母親とはまったく違うと思っていた自分がだんだん母親に似てきていることに気づく。著者のチェ・ウンミはこう言っている。

「三人の女性に、日常を営む家ではない、他の空間に留まる時間を与えたいと思いました。他人の混じった空間で互いを見つめながら、家では絶対にしないような会話をさせたかったのです」

「アリアドネーの庭園」（ソン・ウォンピョン）には、未来社会のおばあちゃんが登場する。彼女はこれまで自分の人生を忠実に生きてきた。結婚はしなかったがひとりでも十分生きていけるはずだったのに、老いて施設に入り、人工知能の世話になっている。高齢化社会、少子化問題、それによる移民の増加。老人の福祉。世代間の葛藤……私たちの近い未来を考えさせられる。

　このあとがきを書いているいま、もうひとりの〝おばあちゃん〟が毎日のようにニュースに登場する。映画〈ミナリ〉に出てくるおばあちゃんだ。おばあちゃんと孫の物語はおなじみの設定だが、このおばあちゃんは料理をして孫に食べさせるよりも、花札やプロレスに熱狂する、もしかしたら韓国ではどこにでもいるようなおばあちゃんが、アメリカ映画において存在感のある愛らしいキャラクターとして歓迎されているようだ。おばあちゃん——いま一番耳にする言葉だ。

六人の作家は「どんなおばあちゃんになりたいか」というインタビューでの質問に、頑固なおばあちゃんにはなりたくない、慢性疾患のないおばあちゃんになりたい、おいしいものを食べて暮らしたい、花札占いをしたり野花の名前を覚えるおばあちゃんになりたい、などと答えている。『私のおばあちゃんへ』は、六人の作家がこんなおばあちゃんになりたいという願いを込めたものでもあるのだろう。私も読者のひとりとして考えてみる。住む家はあるのか、働けるのか。何一つ確かではないが、朝起きたら散歩に出かけ、時々友人と酒を飲むおばあちゃんになりたいと思う。

最後に、本書の編集にあたられた書肆侃侃房のみなさん、この本に関わってくださったすべての方々に深く御礼申し上げる。

二〇二一年五月

橋本智保

■著者プロフィール

ユン・ソンヒ（尹成姫／윤성희）
1973年生まれ。1999、東亜日報新春文藝に短編小説「レゴでつくった家」が当選する。短編集に『レゴでつくった家』『そこに、あなた？』『風邪』『笑うあいだ』『枕をする』『日々、エイプリルフール』、中編小説に『やさしい人』、長編小説に『見物人たち』などがある。

ペク・スリン（白秀麟／백수린）
1982年生まれ。2011年、京郷新聞新春文藝に短編小説「嘘の練習」が当選する。短編集に『ポール・イン・ポール』『惨憺たる光』『夏のヴィラ』、中編小説に『親愛なる、親愛なる』などがある。

カン・ファギル（姜禾吉／강화길）
1986年生まれ。2012年に京郷新聞新春文藝に短編小説「部屋」が当選する。短編集に『大丈夫な人』『ホワイト・ホース』、長編小説に『別の人』などがある。

ソン・ボミ（孫歩侎／손보미）
1980年生まれ。2011年、東亜日報新春文藝に短編小説「毛布」が当選する。短編集に『彼らにリンディ・ホップを』『優雅な夜と猫たち』『マンハッタンの蛍』、長編小説に『ディア・ラルフ・ローレン』『小さな町』などがある。

チェ・ウンミ（崔銀美／최은미）
1978年生まれ。2008年『現代文学』の新人推薦に短編小説「泣いて行く」が当選する。短編集に『あまりに美しい夢』『目連正伝』『雪で作った人』、中編小説に『昨日は春』、長編小説に『第九の波』などがある。

ソン・ウォンピョン（孫元平／손원평）
1979年生まれ。2016年、長編小説『アーモンド』で第十回チャンビ青少年文学賞を受賞。短編集に『他人の家』、長編小説に『三十の反撃』『プリズム』がある。現在、映画監督、シナリオ作家としても活躍している。

■訳者プロフィール

橋本智保（はしもと・ちほ）

1972年生まれ。東京外国語大学朝鮮語科を経て、ソウル大学国語国文学科修士課程修了。

訳書に、鄭智我『歳月』、千雲寧『生姜』（共に新幹社）、李炳注『関釜連絡船（上・下）』（藤原書店）、朴婉緒『あの山は、本当にそこにあったのだろうか』（かんよう出版）、ウン・ヒギョン『鳥のおくりもの』（段々社）、クォン・ヨソン『春の宵』（書肆侃侃房）『レモン』（河出書房新社）、キム・ヨンス『夜は歌う』『ぼくは幽霊作家です』、チョン・イヒョン『きみは知らない』（共に新泉社）、チェ・ウンミ『第九の波』（書肆侃侃房）など。

Woman's Best 13　韓国女性文学シリーズ 10

私のおばあちゃんへ　나의 할머니에게

2021 年 9 月 7 日　第 1 刷発行

著　者　ユン・ソンヒ、ペク・スリン、カン・ファギル、
ソン・ボミ、チェ・ウンミ、ソン・ウォンピョン

翻訳者　橋本智保

発行者　田島安江

発行所　株式会社 書肆侃侃房（しょしかんかんぼう）

〒810-0041 福岡市中央区大名 2-8-18-501

TEL 092-735-2802　FAX 092-735-2792

http://www.kankanbou.com

info@kankanbou.com

編　集　田島安江／池田雪

ＤＴＰ　黒木留実

印刷・製本　シナノ書籍印刷株式会社

ISBN978-4-86385-483-3 C0097

韓国女性文学シリーズ①

『アンニョン、エレナ』안녕, 엘레나

キム・インスク／著　和田景子／訳

遠洋漁船に乗っていた父から港、港にエレナという子どもがいると聞かされた主人公は、その子らが気になり旅に出る友人に探してくれるように頼む「アンニョン、エレナ」。生涯自分の取り分を得ることができなかった双子の兄と、何も望むことなく一人で生きる妹。その間ですべての幸せを手にしたかに見えながらも揺れ動く心情を抱えて生きる女性の物語「ある晴れやかな日の午後に」のほか珠玉の短編、7作品。

四六判／並製／240ページ／定価: 本体1600円＋税
ISBN978-4-86385-233-4

韓国女性文学シリーズ②

『優しい嘘』우아한 거짓말

キム・リョリョン／著　キム・ナヒョン／訳

「明日を迎えるはずだったチョンジが、今日、死んだ。」とつぜん命を絶った妹チョンジ。遺された母ヒョンスクと姉のマンジ。なぜ素直でいい子だったチョンジが自殺という決断をしたのかふたりは途方に暮れる。死の真相を探るうちに、妹の心の闇を知ることになる。韓国で 80 万部のベストセラーとなり映画も大ヒットの『ワンドゥギ』につづく映画化 2 作目。

四六判／並製／264ページ／定価: 本体1600円＋税
ISBN978-4-86385-266-2

韓国女性文学シリーズ③

『七年の夜』7년의밤

チョン・ユジョン／著　カン・バンファ／訳

死刑囚の息子として社会から疎外されるソウォン。その息子を救うために父は自分の命をかける――人間の本質は「悪」なのか？　2年間を費やして執筆され、韓国では 50 万部を超えるミステリーがついに日本上陸。「王になった男」のチュ・チャンミン監督に、リュ・スンリョンとチャン・ドンゴンのダブル主演で映画化された。

四六判／並製／560ページ／定価: 本体2200円＋税
ISBN978-4-86385-283-9

韓国女性文学シリーズ⑦

『四隣人の食卓』네 이웃의 식탁

ク・ビョンモ／著　小山田園子／訳

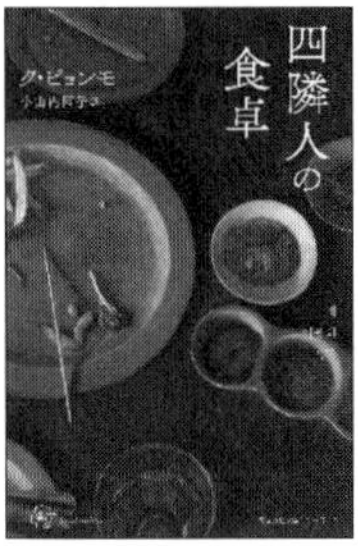

都心にギリギリ通勤圏内。隔絶された山あいに国家が建設したのは、少子化対策の切り札となる集合住宅だった。「入居10年以内に子供を3人もうける」というミッションをクリアすべく入居したのは、4組の夫婦。やがて、お仕着せの“共同体”は少しずつ軋みはじめる——。奇抜な設定で、「共同保育」「家事労働」「労働格差」など韓国社会のホットで深刻な現実を描き話題を呼んだ2018年韓国日報文学賞候補作。

四六判／並製／200ページ／定価: 本体1600円＋税
ISBN978-4-86385-382-9

韓国女性文学シリーズ⑧

『第九の波』아홉번째 파도

チェ・ウンミ／著　橋本智保／訳

2012 年、江原道にある町で実際に起こった事件をモチーフにしているがルポや告発小説とは異なる。主人公を通して、一見平和そうな田舎の小さな町の裏側を生々しく描く。著者のチェ・ウンミは、陟州を金と権力によって手中に収めようとする者たちが現れるのも、私たちの生きている社会に問題があるのではないかと問い続ける。

四六判／並製／384ページ／定価: 本体1900円＋税
ISBN978-4-86385-417-8

韓国女性文学シリーズ⑨

『オビー』어비

キム・ヘジン／著　カン・バンファ、ユン・ブンミ／訳

巨大な物流倉庫の職場で出会った、自分本位で他人と関わろうとしないオビーと、同調することばかりを考える自分との違いに心乱される「オビー」、チキン配達で出会った自殺願望のある男とのやりとりを描いたデビュー作「チキン・ラン」など、今を生きる不安定な若者たちの仕事や社会との関わりを描いた 9 編を収録。

四六判／並製／248ページ／定価: 本体1800円＋税
ISBN978-4-86385-433-8